AMOR A TRÊS

REGINA NAVARRO LINS
FLÁVIO BRAGA

AMOR A TRÊS

CIP-BRASIL. CATALOGAÇÃO-NA-FONTE
SINDICATO NACIONAL DOS EDITORES DE LIVROS, RJ.

L731a
Lins, Regina Navarro
    Amor a três / Regina Navarro Lins e Flávio Braga. – Rio de Janeiro: BestSeller, 2008.

ISBN 978-85-7684-271-2

1. Sexo. 2. Comportamento sexual. I. Título.

08-1721
CDD: 306.7
CDU: 392.6

Copyright © 2006 Regina Navarro Lins e Flávio Braga

Capa: Laboratório Secreto
Diagramação: ô de casa

Todos os direitos reservados. Proibida a reprodução,
no todo ou em parte, sem autorização prévia por escrito da editora,
sejam quais forem os meios empregados.

Direitos exclusivos de publicação em língua portuguesa para o Brasil
adquiridos pela
Editora Best Seller Ltda.
Rua Argentina, 171, parte, São Cristóvão
Rio de Janeiro, RJ – 20921-380

Impresso no Brasil

ISBN 978-85-7684-271-2

SUMÁRIO

Introdução 7

Pra lá de Bagdá 9

  Sobre "Pra lá de Bagdá" 55

Ao oceano, juntos 77

  Sobre "Ao oceano, juntos" 107

INTRODUÇÃO

Durante muito tempo, a idéia de casal foi desconhecida. Cada mulher pertencia igualmente a todos os homens e cada homem a todas as mulheres. O matrimônio era por grupos. Cada criança tinha vários pais e várias mães e só havia a linhagem materna. Com o surgimento do patriarcado e da propriedade privada, apareceu o casal. O homem queria ter certeza da paternidade, para deixar sua herança para o filho legítimo. Dois passou a ser bom; mais que isso, demais. Mas a humanidade insiste em buscar o amor e o prazer onde quer que estejam. A História apresenta muitos exemplos de amor a três.

O tema do presente livro trata desse tipo de relacionamento. A caminhada para fora da esfera do "um mais um", das "metades da maçã", o risco do novo. O amor a três ameaça não só a instituição sagrada do casamento, como também o amor romântico, que propõe a complementação entre dois amantes. Sem falar na bissexualidade, que se apresenta em muitas relações com mais de duas pessoas.

As histórias apresentadas são próximas na cronologia, mas distantes na condição social dos personagens. A primeira nos remete aos gloriosos e libertários anos 70, vivendo a ressaca saudável de 68 e a revolução cultural. A ordem era "cai na estrada e perigas ver", conforme a brilhante expressão de Wally Salomão, que joga com o termo "perigo" para definir a necessidade de risco na vida. A segunda história envolve pessoas socialmente mais estáveis, mas não menos dispostas ao risco pelo prazer.

Acreditamos que a leitura das narrativas e dos textos críticos contribua para uma reflexão a respeito das muitas formas possíveis de se viver o amor e o sexo.

PRA LÁ DE BAGDÁ

A jornalista queria saber quais as lembranças que eu tenho dos anos 70. Sou ouvido por conta de meia dúzia de livros publicados e alguns reconhecimentos acadêmicos. A matéria que incluirá minhas memórias daqueles anos belos/leros ouvirá outros expoentes da geração que "botou pra quebrar", como se dizia na época. Ora, cara jornalista, minhas lembranças são as melhores e as piores possíveis. Porque naqueles dias vivi o melhor e o pior de minha existência. Naqueles anos amei como nunca mais vou repetir, um tanto porque o amor passional é fruto da juventude, outro tanto porque participei de um triângulo amoroso, coisa que nunca mais se repetiu e creio que não acontecerá no futuro.

Os anos 70 foram a cauda do cometa 60, que em seu estertor, em 1968, desbundou o mundo. Para quem não sabe, "desbundar" significa "cair a bunda", que quer dizer... sei lá o quê... Algo como um deslumbramento e uma revolução simultâneos. Paris, Califórnia,

Londres, Rio de Janeiro, hippismo (não confundir com o esporte burguês de pular cerca a cavalo), política, drogas, rock, sexo, muito sexo. Viver era aventurar-se, correr risco, correr perigo, experimentar. Em 1970 eu tinha 20 anos e tinha sido expulso do curso de Arquitetura por incompatibilidade generalizada com a universidade. Ah, eu ia esquecendo: meu nome é Xul.

Eu morava em Florianópolis com meus pais. Eram pessoas legais, mas profundamente caretas. Explicando: "careta" é uma pessoa CARETONA, que não percebe os lances que estão acontecendo, que quer ver tudo continuar na mesma, percebe? Pois é. Meu pai, pra complicar, era milico. Mas foi desligado do Exército porque era janguista, o que quer dizer adepto do presidente João Goulart, que foi derrubado pelos colegas do meu father. Bem, meu pai largara a farda e trabalhava na empresa de um tio. Queria que eu também fosse trabalhar com ele, mas eu queria era MUITO AMOR... e flor, que era o lema dos hippies.

Eu namorava a Bianca. Ela era branca como o nome e seus pentelhos eram negros. O contraste era alucinante. Os biquinhos dos seios e os lábios vaginais e as pregas do cuzinho eram róseos. Como se fosse pouco: os olhos eram azuis. Bianca perdeu a virgindade comigo, segundo sua versão dos fatos. Digo isso porque ela se comportou com excessiva avidez e me pareceu experiente, além de não haver manchado nosso sleeping bag com o sangue correspondente. O primeiro sexo entre nós aconteceu numa barraca na praia da Guarda. Fumamos um baseado e tossimos muito antes de eu entrar nela.

Bianca tinha 17 anos e era filha de pais tão ou mais caretas do que os meus. Estava para ingressar no curso de Letras, e éramos amarrados em poesia e música e tudo o mais que é doce e bom na vida. Andávamos abraçados na praia. Eu, naquele cabelão alourado e barba rala, ela, bela como já disse. Nossos olhos brilhavam de chapação, que quer dizer o estado em que se encontra quem fumou maconha. Nossa vida era ir à praia, ouvir Janis Joplin e Jimmy Hendrix, além, é claro, das pratas nacionais, como Mutantes, Gil, Caetano e Novos Baianos. Havia um pouco de sexo, mas nossa inexperiência fazia do erotismo uma coisa misteriosa e guardada para momentos especiais. Eu lia bastante, e Herman Hesse e seu Sidarta encantavam nossa imaginação. O misticismo aflorava a todo instante no tarô e na astrologia. Ela é de Escorpião. Eu, de Libra. As primeiras poesias começavam a surgir em meu caderno de notas.

O verão de 1971 nos pegou de bobeira em Camboriú, que era outra praia catarinense. Hoje é uma minicopacabana, mas na época era uma das sedes do paraíso. Eu dizia que Bianca e eu estávamos à beira-mar, quando alguém sugeriu que a gente fosse atrás dos cogus, que eram os cogumelos que nasciam no cocô dos zebus, aqueles bois que possuem corcova. Os tais cogumelos são alucinógenos brabos. Caminhamos no campo e encontramos aqueles troços e tomamos com Coca-Cola e ficamos doidaços. A imaginação e o inconsciente coletivo, que Jung explicou, vieram à tona. Sacamos que era importante voar sobre as cidades e os campos, alongar-se no mundo, conhecer tudo o que fosse possível conhecer. Bem, eu e Bianca resolvemos cair na estrada. Tinha uma música que dizia: "cai na estrada e perigas ver". É isso. Entender essa parada exige uma reflexão crítica e histórica. Naquele tempo os hippies queriam mudar a sociedade, o modo de viver, então sair por aí pegando carona era uma boa. Você perguntará: e por que não foram de avião? Ora, a idéia era subverter a sociedade consumista, negar o poder do capitalismo. Tinha que ser tudo no amor.

Após a trip dos cogumelos, ou seja, viagem, eu e Bianca resolvemos traçar um roteiro. A idéia era ir até o porto de Santos e apanhar um navio para o mais longe que conseguíssemos arrumar. Talvez Hong Kong ou Honolulu. Isso, dito assim, pode parecer uma coisa meio porra-louca, mas era mesmo. Nada de grandes encucações, porque uma das idéias em que se acreditava na época era a de que a sorte e as conjugações celestes interferem bastante em nossas decisões, logo, não adianta muito planejamento. Então decidimos ir pra Santos. Eu tinha uma mochila pequena, mas cabia o sleeping bag, as minhas roupas e as dela. Bianca carregaria uma bolsa indiana com seus artigos de toalete. Ela era uma moça fina, apesar de riponga. Havia o inconveniente de ela ser menor de idade. A família poderia mandar os canas atrás da gente. E aí? Aí foda-se. Marcamos a partida para o início da semana, porque havia um show de rock no domingo. Combinamos não avisar a família de nossas intenções. Ligaríamos da estrada.

Caminhar na beira de uma BR pedindo carona é uma experiência única. Hoje é impossível, mas naqueles dias loucos não era incomum o povo sair por aí na base do dedão. Então, naquele verão, estávamos minha amada e eu na altura de Tubarão pedindo carona. Um caminhão nos adiantou a primeira saída. O cara era legal e fez várias perguntas, muito impressionado com nossa coragem. Ele ficou no Paraná, e aí foi mais difícil. Ninguém dava trela para as nossas necessidades. Anoiteceu e ficamos num posto de gasolina a madrugada toda. Os primeiros raios de sol trouxeram o segundo empurrão. Era um cara muito louco, dirigindo um Chevrolet Opala com várias marcas de batidas na lataria. Mascava chiclete, falava gíria e olhou para as coxas de Bianca cheio de gula, mas nos deixou na entrada de São Paulo. A megalópole. Tanto eu quanto minha amada já conhecíamos a cidade, mas é inteiramente diferente você chegar a pé e sem grana numa piração urbana dessas. O perigo nos envolvia de todas as formas. Polícia, bandido, trânsito, tudo era hostil. Para onde ir? Como? Bem, o objetivo era o porto de Santos. Mas antes de pegar a estrada era preciso comer, tomar banho, essas coisas. Eu tinha um endereço em Sampa de uns malucos que conhecera em Floripa. Fomos lá pra Pinheiros. Era uma comunidade. Existiam muitas na época. Gente que morava num apartamento dividindo tudo. O cara que eu conhecia chamava-se Brian e, apesar do nome, era baiano. Batemos lá muito cedo. Devia ser oito ou nove horas e, embora fosse verão, estava frio. Quando abriram a porta demos de cara com uma autêntica *free community*. Havia todos os ícones que se pode esperar dum lugar desses: pôster de Woodstock na parede; zilhões de pontas de cigarro e de baseados sobre uma mesa com pratos e copos sujos abandonados; sofá onde um casal dormia abraçado recoberto por uma manta colorida; cheiro de incenso no ar e também algum fedor característico das condições de higiene prejudicadas pela falta de manutenção. Mas o Brian sorriu beatífico à nossa chegada. Os olhos avermelhados indicavam que dormira pouco e ainda pretendia voltar ao leito. Indicou-nos o banheiro, a cozinha e os colocou à nossa disposição. Poderíamos estender o nosso sleeping onde mais nos aprouvesse. E nos deixou. Estávamos em casa.

Bem, apesar de morarem oito pessoas num apartamento de dois quartos e o deslocamento interno apresentar barreiras que nos obrigavam a saltar sobre os residentes, pela primeira vez estávamos em nossa tribo. Havia uma língua em comum, ou um dialeto, se preferirem, e, principalmente, ninguém nos torrava o saco com ordens ou sugestões. Era comum, num mesmo ambiente, um casal estar transando coberto apenas por um lençol sujo enquanto alguém dedilhava um violão e outros tantos fumavam um baseado e trocavam impressões sobre a Lua em Aquário. Estava difícil pegar a estrada para Santos, lá engajar-se num navio e atravessar o mar. Ninguém nos perguntou quando iríamos embora ou se tínhamos planos de sair de lá um dia. Havia uma sopa no meio da tarde. Apenas legumes e verduras cozidos em água e sal. Após uma semana ainda não sabíamos os nomes de todos os residentes, mas deu pra ver que eram dois casais mais três caras. Havia uma menina, chamada Verinha. Guardei o nome dela associado ao seu sorriso. Era doce demais.

Um dia, Bianca ligou para os pais, que estavam zoadíssimos com o desaparecimento dela. Mas a minha família entrara em contato e concluíram, com razão, que o casal estava junto. O pai de Bianca avisou que acionara a polícia federal e que logo seríamos presos. Mas preferimos não dar muita importância ao fato. Não havia telefone na comunidade. Era complicado nos localizar. Os dias foram se passando e fizemos amizade com Sula, namorada de Brian, e com Verinha, que era par de Adolfo, um músico que tocava harpa paraguaia. Falamos da idéia de correr o mundo, mas eles estavam um tanto acomodados. Brian sugeriu que fossemos a Arembepe passar o verão. Ele conhecia quem poderia nos dar guarida lá. Mas isso feria nossos planos internacionais. Acendemos mais um baseado e deixamos pra pensar nisso no dia seguinte.

Verinha e Adolfo ficaram mais próximos da gente e, num fim de semana ensolarado, fomos convidados para um sítio que o pai dele emprestava. Era um burguesão, mas liberal com a cabeça dos filhos e seus "friends". Era próximo a Santo Amaro. Casa enorme, cheia de coisas inúteis, além de uma piscina em que caberiam uns cinqüenta malucos de uma só vez. Fomos num carro bacana que o Adolfo conseguiu. No caminho passamos numa favela e compramos maconha, depois vinho, frutas e pães num mercado. Compramos é modo de dizer, eu não tinha mais grana nenhuma e eles estavam pagando tudo. Quase fiquei bolado pensando se havia alguma coisa por trás daquela generosidade, mas depois deixei pra lá. A casa tinha um imenso jardim e muros altos. Ninguém podia bisbilhotar a gente. Ficamos nus na piscina, bebendo vinho e fumando os baseados. Verinha era ainda mais maravilhosa sem os trapos indianos que costumava usar. Era menos branca que Bianca, mas os tufos de pentelhos descoloridos e os bicos dos seios escuros a faziam um manjar dos deuses, pra usar um chavão. Eu vi que Adolfo estava de olho na minha garota e fiquei pensando que talvez rolasse um free love legal. Ao cair da tarde do primeiro dia, estávamos todos pra lá de Bagdá, zoados mesmo, e não aconteceu nada. Desmaiamos em camas enormes, em quartos enormes, cheios de quadros e outras coisas sem sentido. O segundo dia rolou meio parecido com o primeiro, só que eu não dormi tão profundamente. Lá pela meia-noite, algumas horas depois de todos terem ido à lona, levantei e fui até a cozinha. Logo depois entrou Verinha enquanto eu apanhava sorvete no freezer. Ela vestia apenas uma camisa de homem desabotoada.

– Deu fome?
– É.
– Também. Mas quero alguma coisa quente.

Quando ela cruzou na minha frente com os peitinhos apontando pra mim, pirei. Ia agarrá-la, mas me contive. Resolvi expor a situação.

– Quero você.

Ela parou em frente ao fogão e voltou a cabeça. A camisa não cobria toda a sua bunda maravilhosa. Seu olhar e a pose que ela sustentava me deixaram doido de tesão e achei que seu silêncio era uma autorização implícita. Coisa de cafajeste. Avancei em direção a ela e a agarrei por trás. Ela gemeu. Trepamos ali mesmo, depois na sala. Só voltamos para nossos quartos às duas da matina.

Apesar de haver avançado sobre a Verinha, não sou um filho-da-puta que se aproveita da mulher do cara que está te dando a maior força, mas por outro lado, naqueles dias, e ainda hoje, acho que a mulher não é propriedade do cara com quem ela transa e, portanto, tem vontade própria. Ela aceitou o meu assédio. Fiquei matutando se deveria contar para os outros dois: minha mulher e o cara dela. Resolvi ficar na minha. Mas, no dia seguinte, domingo, todos nus na piscina, novamente cresceu meu desejo. Eu estava apaixonado pela menina. Fazer o quê? Se a Bianca estivesse a fim do Adolfo seria possível até rolar alguma coisa.

– Você curtiu o Adolfo?
– Como assim?
– Ué... como um cara legal...
– Claro. Ele é gênio.

A Bianca não se tocava de meu cerco.

– Acho que ele está a fim de você.
– O quê?
– Notei uns olhares.
– Não vi. Quem está em cima de mim é o Brian.
– O quê?
– Você não viu?
– Não. Filho-da-puta!!

Voltamos para São Paulo no dia seguinte. Tudo poderia ficar por isso mesmo, mas Verinha voltou a me provocar. Naquele apartamentinho cheio de hippies era impossível transar com alguém sem que todos ficassem sabendo. Os casais estavam fechados. Houve um encontro casual na rua e nos agarramos cheios de amor. Minha situação era a pior possível. Não tinha dinheiro e estava com minha garota. Tinha que sair da casa. Mas as coisas se precipitaram. O pavio estava aceso e nos trancamos no banheiro para transar. É claro que todos ouviram nossa gemeção.

– Porra, que merda – disse Bianca quando saímos.

Não havia muito o que dizer. Por sorte Adolfo estava tocando harpa na estação de trem. Ele descolava uma grana no chapéu. Ninguém entregou pra ele, mas eu dormia no mesmo sleeping bag que Bianca.

— Quero voltar para casa — ela me disse naquela noite.

— OK — respondi.

Mas eu queria mais Verinha. Estávamos arrumando as mochilas quando chegaram dois "hermanos" argentinos. Eles estavam em todo lugar naqueles dias. Eram artesãos e carregavam mochilas enormes. Não sei bem se em função de nosso anticlímax amoroso, mas Bianca se engraçou com Pablo na hora. Estávamos numa roda na sala, com uns 15 malucos fumando um charo e cantando, quando vi minha mulher entregar os lábios para o "muchacho". Na frente de todos. Fiquei atônito, mas não fiz nada. O que iria fazer? "Carajo!" Eles saíram da roda e entraram no banheiro. Como é que se diz? O bom cabrito não berra!

Naquela noite mesmo, Bianca trocou nosso sleeping pelo de Pablo.

— Vou saltar fora — falei pra ela na manhã seguinte.

— Boa viagem.

Estava arrumando meus troços e Verinha se acercou. Adolfo havia saído com sua harpa para descolar um troco.

— Me leva contigo.

— Estou voltando pro Sul.

— Legal. Não conheço lá.

— E o Adolfo?

— Deixo um bilhete pra ele. Mas vamos sair antes de ele voltar do trampo.

— Falou.

Apanhamos a estrada duas horas depois. Notei que Bianca apertou os olhos quando me viu partir.

Em dois dias estávamos atravessando a ponte de Floripa. Eu não tinha a menor idéia de como meu pai reagiria ao meu retorno trazendo outra garota, mas encarei o fato como se fosse natural. Entramos em casa na hora do almoço. O velho levantou da mesa tão bruscamente que derrubou o copo com suco de laranja.

– Cadê a Bianca, Xul?

– Ela se descolou.

Veio pra cima de mim.

– Cadê a Bianca, porra!!

– Sei lá. Caiu fora da minha com uns argentinos.

– Tu é louco? A Bianca é menor, meu filho. Estava contigo. É tua a responsabilidade.

– Não, pai. Tô fora dessa. Minha mulher agora é a Verinha.

Verinha estava logo atrás de mim. Usava umas pantalonas azuis e a barriguinha linda estava à mostra. Sobre os seios, apenas um topzinho.

– É menor, também?

Não havia me passado pela cabeça perguntar a idade de Verinha. Olhei para ela.

– Fiz 18 em janeiro. Sou de Aquário.

– Deixa eu ver seus documentos – intimou papai, como se Verinha fosse um novo recruta em sua tropa.

– Perdi.

– Sabe aonde vais parar, meu filho? Na cadeia. E eu não vou poder fazer nada por você porque sou inimigo dessa ditadura que está aí. Se o pai de Bianca souber que você voltou, sua vida corre perigo.

– Vai tomar um banho. Sua aparência está horrível – disse minha mãe se aproximando e passando a mão em meu rosto. – Você também, minha filha. Tome um banho e vão almoçar.

Conduzi Verinha pela mão até meu quarto. Ele estava como o deixei. A cama arrumada, meus livros e discos sobre a estante.

– Fique à vontade.

– Seu pai não gostou muito da gente chegar junto.

– Esquece. Ele é assim mesmo. Vou apanhar uma toalha pra você.

Meu irmão, Lucas, estava do lado de fora, babando de tesão pela minha nova namorada. Ele sempre morria de inveja das minhas gatas.

Eu havia combinado com Verinha em dar um tempo com a família antes de cair na estrada novamente. Recuperar as forças e se organizar, essa era a idéia. Eu queria desenvolver alguma atividade produtiva que pudesse exercer em qualquer lugar, como a harpa paraguaia do Adolfo, mas não conseguia imaginar o quê. A primeira semana reservei para mostrar as praias para Verinha. Seria uma delícia rolar entre Camboriú e o Rosa, vagabundear por Itapema, fumar um baseado no Farol de Santa Marta. Havia duas bicicletas na garagem do prédio que seriam nosso transporte. Naquela mesma noite, depois que Verinha desmaiou, exausta da nossa viagem em lentos caminhões de carga, bateram à porta do quarto. Era papai querendo conversar comigo. Não havia escapatória. Sentamos na sala. Eu não conseguia encará-lo porque ele tinha um olhar muito percuciente, ou seja, ele entrava na pessoa com seu olho. Não que eu estivesse escondendo nada, mas havia coisas que ele se recusava a entender.

— Aonde você quer chegar, meu filho?

Bela pergunta! Eu diria a ele que estava interessado em rodar pelo país com minha namorada? Assistir ao maravilhoso pôr-do-sol em cada praia do litoral, embalado pela *cannabis*? Diria que a ordem capitalista de acumular dinheiro para o futuro não me dizia nada? Ele aceitaria que eu não estivesse interessado em comprar um carro, como meu irmão fez, economizando e trabalhando na gráfica de madrugada?

— Estou pensando em ir ao Farol amanhã.

— Não se faça de bobo, meu filho. Não liquide a minha paciência.

— Quero aprender a fazer qualquer coisa que me garanta o mínimo, mas não estou a fim de me esfolar por qualquer merda – respondi e me arrependi, imediatamente.

— Qualquer merda é o que você vem buscar na casa de seu pai quando não tem mais nem para qualquer merda, não é, seu merda qualquer?

— Poético, isso que você disse...

— Olha, Xul. Os tempos estão difíceis e vão piorar. O país está na mão desses gorilas corruptos. Gente como você vai ser triturada. É isso que você quer?

— Há uma nova consciência, pai. No mundo inteiro está se formando uma compreensão profunda de que apenas a acumulação não leva a nada. O senhor fuma, ingere nicotina, bebe uísque e vodka. Mamãe toma tranqüilizantes. São drogas químicas brabas. E eu não estou enchendo seu saco para que mude de vida. Por que o senhor vai encher o meu?

— Está certo, filho. Faça o que o seu coração manda. Eu fiz a minha parte. Te avisei, dei conselho. Só não me peça dinheiro. Casa e comida eu te dou e não digo mais nada.

Levantei da poltrona e voltei para o quarto preocupado. Eu não tinha um único tostão.

O dia seguinte era um sábado e eu queria voar para fora da cidade com Verinha, mas precisava de um mínimo de dinheiro. Sentados na mesa do café-da-manhã, vi os olhos gulosos de Lucas sobre minha mulher.

— Vai fazer o que hoje, mano?

Ele se surpreendeu por eu lhe dirigir a palavra sem uma gozação ou uma recriminação.

— Sei lá. Vamos à praia no sul da ilha?

— Tenho uma idéia melhor. Vamos passar o fim de semana no Farol de Santa Marta.

— Iiii... São quase trezentos quilômetros...

— E daí? Seu superjipe nos leva até lá em cinco horas. No máximo. Verinha vai adorar tomar banho de sol nua no Farol.

— O que é isso, Xul. Aquilo lá não é São Paulo e Rio não... – opinou mamãe.

Minha isca estava lançada.

— É. Pode ser uma boa idéia. Faz muitos anos que não vou ao Farol – retrucou Lucas, sonhando com os peitinhos e pentelhinhos de Verinha.

— Então vamos? Legal sair logo. Ali pelas duas da tarde estamos chegando lá.

Verinha espreguiçou-se sensualmente.

— Legal. Então vamos – disse Lucas, definitivamente convencido.

Enchemos a traseira do jipe com sleepings e uma barraca e saímos. Assumindo o comando da expedição, sugeri a Lucas que passássemos num mercado para comprar a comida básica, muito mais barata ali do que na praia. Ele estava estacionando quando um carro cortou a nossa frente e um homem desceu apressado, fez a volta até o lado em que eu estava e abriu a minha porta. Então o reconheci. Era o pai de Bianca. Agarrou meu braço e fui arrancado do carro.

— Onde está minha filha?

— Bianca ficou em São Paulo.

— Onde?

— Ela está com uns caras. Arrumou outro namorado.

— É verdade – gritou Verinha no banco traseiro.

O cara estava furioso, vermelho e apertava meu braço.

— Tu vai prestar depoimento na delegacia, vagabundo!

Seu sotaque de gaúcho o tornava um tanto cômico, mas eu não ri, para ele não achar que eu o desprezava.

— Estou saindo fora, cara. Vou passar o fim de semana na praia...

— Vai passar é na cadeia.

O ensandecido progenitor ergueu a mão, acenando para os policiais militares que estavam na esquina.

— Guardas! Aqui! Detenção de elemento suspeito!

Arranquei o meu braço de sua mão e entrei no jipe. Ele voltou a me agarrar e eu o empurrei, fechando a porta do carro.

— Arranque, vamos embora! – ordenei a Lucas.

— Polícia! Suspeito em fuga! – gritou o pai de Bianca num jargão ridículo.

Lucas deu ré para manobrar, mas os guardas já se aproximavam. Um deles sacou um apito e ergueu o braço. Meu irmão desligou o motor.

– O rapaz no banco do carona é suspeito de seqüestro de menor – insistiu o acusador apontando em minha direção.

Em instantes fui obrigado a descer do carro e revistado. Os baseados estavam no bolso da minha jaqueta.

II

A Nova Era está lotada de prisões injustas, que transformaram supostos vagabundos em anti-heróis famosos: Black Panter, Jack Rubin, Kerouac, Allen Ginsberg, Gilberto Gil e Janis Joplin, entre centenas de outros, foram vítimas da violência policial no mundo. Eu não era uma celebridade, mas também fui reprimido por meu cabelo, minhas companhias e três baseados de maconha paraguaia. Se ao menos fosse uma harpa... Fui levado para a delegacia e foi lavrado o flagrante por porte de substância psicotrópica. O fiscal aposentado Pedro Quintais, pai de minha querida Bianca, tentou me enquadrar por seqüestro, mas não havia provas de que eu a tivesse levado para fora do estado contra sua vontade. Suas ameaças criaram um clima desagradável na 8ª delegacia.

– Esse elemento é perigoso, delegado – gritava, enquanto um funcionário borrava meus polegares para identificação na ficha policial.

– Acalme-se, senhor. O rapaz está sob nosso controle agora. Vá para casa.

— Ele corrompeu minha filha. Jogou a menina no meio dos marginais e a viciou em drogas.

— Vá para casa. O suspeito será interrogado. O registro do desaparecimento de sua filha está feito.

— Dêem uma dura que ele confessa onde está minha filha!

— Vou pedir pela última vez que o senhor saia da delegacia.

Ele recomeçou a gritar, mas se conteve, respirou fundo e saiu. Ao abrir a porta vi papai, mamãe e Verinha lá fora. Que merda!

Aqueles dias dos anos 70 eram terrivelmente injustos e fui enquadrado como traficante. Logo eu, que não ganhei nem um tostão vendendo maconha. Fiquei numa cela coletiva com mais uns dez rapazes. Todos inocentes. Bem, pelo menos se diziam inocentes. Lá fora papai estava arrancando os pentelhos para conseguir me tirar. Havia uma tal de Lei de Segurança Nacional que enquadrava o tráfico de drogas ao lado de outras subversões políticas. Então, o que ocorria de fato é que imperava o poder arbitrário. Ou você era amigo dos "home" ou tava fodido. Meu pai não era amigo deles. Pelo contrário.

Após o quinto dia de prisão você relaxa. A nova realidade se instala na sua cabeça. Mamãe conseguia subornar os carcereiros e eu recebia pudim de leite condensado e quindins. Fiquei amigo de Ralfo, um pequeno traficante, que havia sido pego com vinte pastilhas de ácido lisérgico, a droga mais charmosa da década de 70. Eu nunca havia usado LSD e Ralfo me descreveu a ação do alucinógeno. Combinamos que ele me conseguiria a droga quando saíssemos dali. A experiência da prisão é um teste de auto-suportação, ou seja, você fica o tempo todo com seus pensamentos, sem TV, sem namorada, sem nada além da sua cabeça. Foi na prisão que comecei a escrever poesia a sério.

No xadrez

> Atrás de grades
> Graduei-me
> Grátis
> Gritei *Sou* e bastou
> — És prisioneiro, ingrato
> Agora terás maus tratos
> Rilharás os dentes, doido e doente
> Grunhirás e ninguém te ouve
> Ou apenas outro infeliz ao lado
> — Cala a boca, dorme, grita o safado
> Atrás das grades
> No xadrez

Foram exatos 14 dias de prisão, ao fim dos quais papai conseguiu, fazendo mil salamaleques, ligando para Brasília e falando com amigos de farda que ainda lhe haviam sobrado, me devolver a liberdade de ir e vir. Ahhh! Ir buscar um baseado, voltar chapado, beijar minha linda.

— Ei, onde está minha mulher? – perguntei de imediato ao entrar em casa. Homem que entra em cana corre o risco de perder tudo, inclusive a mulher.

— Ela foi embora – disse meu pai, seco.

— Mas ligou deixando um número — emendou minha mãe, amistosa.

— Vocês a deixaram ir? Ela não conhece ninguém em Santa Catarina.

— Ligue para o número que ela deixou.

Apanhei o papel com a anotação e fui para a extensão na cozinha.

— Se sair não se esqueça que está sob observação, aguardando julgamento. A próxima vai te jogar na penitenciária — observou meu pai.

As chamadas se sucediam sem que ninguém atendesse. Estaria na casa de quem em Florianópolis?

— Alô, quem fala?

— Quer falar com quem? — respondeu a voz feminina do outro lado, com forte sotaque gaúcho.

— A Verinha está? É o namorado dela quem está falando.

— Oi, Xul. É a Cleusa, mãe da Bianca, que está falando. Te soltaram?

— É. Esse número é novo?

— É. Tem uma semana. A Verinha saiu com a Bianca. Devem estar na praia.

— A Bianca voltou?

— E livrou tua cara, mas de qualquer forma é bom tu não ligar pra cá. Se o Pedro atende vai ter um troço.

— Tá certo. Obrigado, dona Cleusa.

— De nada, Xul. Cuidado, hein...

Minhas duas mulheres estavam juntas. Isso era bom ou mau?

Rumei de bicicleta para as praias do sul da ilha, onde eu e Bianca costumávamos ficar. Ainda era verão e havia muita gente. O canto do canal, entre os cascos abandonados dos barcos de pesca, era nosso lugar predileto para fumar um baseado. Havia gente do meu grupo. Vi, de longe, as duas entre os malucos, fui chegando e sentindo o cheiro forte da manga-rosa.

– Oi.

Os olhares me enquadraram. O "sujeira" estava solto. Fiquei parado, aguardando não sei o quê.

– Chega mais, cara – saudou o Mauro, um maluco de fé.

Estendeu a mão com o baseado. Verinha levantou para me abraçar. Dei um tapa no charo e soltei a fumaça dentro da boca de minha gata durante o longo beijo. Perturbou as idéias. Bianca também levantou e veio me beijar.

– Então, cara? Livre de novo?

Senti seu corpo junto ao meu e o tesão se apresentou no ato. As duas mulheres estavam em torno e eu as amava, senti claramente.

– Então, malandro, tá cum tudo e não tá prosa – disse rindo o Mauro.

– Senta – falou o Marquinho, outro doidão que estava no pedaço.

– Só não posso dar mole – falei, cabreiro. – Se eu sou pego de novo, danço mesmo.

– Aqui tá limpo. A gente vê de longe quem se aproxima.

Era verdade. Estávamos num areal bem grande. O mar à frente e a rua a não menos de uns 300 metros. E assim ficamos curtindo a tarde. Eu dava mais valor àquele momento depois de penar no cárcere duas semanas. Bianca me abraçou por trás.

— Papai te sacaneou, né?

— Foi. Ele tava doido com teu sumiço. Até dá pra entender. E você? Largou o argentino?

— Foi. Ele é doidão demais, sem... sem perspectiva...

— Assim como a gente?

— A gente tem família, Xul. Estamos aqui de novo.

— Até quando?

— Enquanto der.

— Muito legal da sua parte dar uma força pra Verinha.

— Ela é legal e te quer... E eu também.

Mauro levantou e também Marquinho e a outra garota, que eu não conhecia. Se despediram. Ficamos nós. O sol ia sumindo com o giro da terra. Logo anoiteceria.

— Olha, alguma coisa mudou em mim com a prisão. Sou outro. Quero arrumar um trampo.

— Você quer ficar com a gente? – perguntou Verinha.

— Com a gente?

— É. Você gosta das duas? – quis saber Bianca.

— Claro.

— Nós queremos ficar com você – disse Verinha.

— Basta você querer – acrescentou Bianca.

Eu estava um pouco confuso, mas muito feliz também. Eu as amava. Eram as mulheres de minha vida. Será que eu podia ter as duas?

Verinha voltou para o meu quarto e Bianca ia ao nosso encontro todos os dias. Lucas observava, indignado, as duas mulheres ao meu redor. A situação era tão gostosa quanto ridícula. Meus pais assistiam às duas garotas trancadas em meu quarto e não entendiam nada. Aliás, nem eu. É claro que eu amava ambas, mas não poderíamos ficar indefinidamente em meu quarto, porra! E fazer o quê? Só a poesia me motivava.

— Seguinte, garotas: vamos para a estrada. Partida provável daqui a uma semana.

Estávamos deitados no chão, vestidos, com pernas sobre pernas. Desde a declaração de amor conjunto, na praia, eu só havia transado com Verinha, que dormia em meu quarto. Todos os dias, Bianca aparecia e trocávamos beijos apaixonados. Mas ficava por aí. A indefinição estava me matando. Eu queria a plenitude amorosa. Uma barraca grande era meu sonho. Os três amariam sob o céu estrelado de praias desertas em toda a costa brasileira e – por que não? – ao redor do mundo.

— Mas temos de encontrar um meio de descolar grana. Artesanato ou até mangar um troco, qualquer coisa...

— Mangar? – estrilou Bianca.

— É. Fazer o quê?

— Suas poesias. A gente podia vender o que você escreve – imaginou Verinha.

Eu lia para elas o que escrevia e um caderno estava quase cheio de delírios poéticos.

— Vender o meu caderno todo rabiscado?

— Claro que não, idiota. Tem de publicar.

Caí na gargalhada. Bianca também riu e depois a própria Verinha achou graça de sua sugestão

– Para publicar livros, precisa ser velho e usar gravata – eu disse, só pra zoar.

– A gravata a gente pode conseguir – disse Verinha rindo.

– E o mimeógrafo lá da escola? – sugeriu Bianca.

– O que é que tem?

– Podíamos fazer o teu livro com ele.

– E nós venderíamos... – completou Verinha.

– Será que alguém vai querer?

– Quem vai resistir a duas gatinhas vendendo lindos poemas?

– É. A gente pode tentar.

Eu não podia me queixar do entusiasmo das minhas namoradas.

A escola em que eu e Bianca havíamos estudado o segundo grau tinha centro acadêmico ligado à universidade anexa. Lá havia o tal mimeógrafo. Numa operação cheia de ousadia e cara-de-pau, Bianca roubou alguns pacotes de papel e cantou o responsável para que nos deixasse imprimir. Resolvi chamar o livreto de um, Dois, TRÊS...

    Três é bom
    Dois empata
    Um te mata
    De saudade

    Três é trindade
    Dois é confusão
    Um é solidão
    De verdade

Havia outros poemas sobre temas variados. O livrinho ficou bonito, com ilustrações feitas pelas meninas. Desenhos infantis, mas cheios de alusões que completavam as idéias. O papel deu para imprimir 123 cadernos poéticos. Eu havia lido sobre a geração mimeógrafo e estampei o rótulo na capa, que ficou assim:

um, Dois, TRÊS

poesias de Xul Rolim
geração mimeógrafo

As meninas começaram a vender os livrinhos no dia seguinte, em frente ao cinema que estava lançando *Love Story*. O incrível foi que conseguiram vender seis exemplares a dois mil cruzeiros cada um. Ficamos eufóricos naquela noite e saímos pelos bares. Torramos tudo, é claro, e fomos para o meu quarto de madrugada, um pouco embriagados. Transei com as duas pela primeira vez, aliás, eu mesmo nunca tinha experimentado nada assim.

Munidos de 94 livrinhos de poemas mimeografados, partimos de Florianópolis numa segunda-feira. Destino: norte. Talvez a Bahia, cheia de sol e gente como nós, que naqueles dias buscava um verão eterno e mágico. Resolvemos passar em Camboriú para um último banho de mar em Santa Catarina. Mal arriamos nossas mochilas na areia, demos de cara com Ralfo, meu amigo do cárcere. Ele estava só e, ao me ver com duas garotas, colou.

– Qual delas é a tua? – perguntou, quando ambas estavam no mar.

— Qual?

— É. Uma é tua garota, não é?

— Não.

— O quê. Nenhuma é?

— As duas.

— As duas?

— É. Estamos fazendo uma experiência existencial.

— Sei. Porra! Você é foda, mesmo, hein, cara!

— Não é assim. Foram elas que resolveram... Shhh... Elas tão voltando.

— Tô com as pedras aí...

— O quê?

— Os ácidos. Quer experimentar?

— Claro. Mas...

— Faço pra você a dez mil.

— Não tenho essa grana, cara!

As meninas se aproximaram. Lindas, elas eram lindas e confiavam em mim, me queriam.

A tarde envolvia a paisagem numa luz desmaiada e rubra. Havíamos fumado um baseado, que Ralfo trouxera, e todos riam muito de qualquer coisa.

— Olha aí, gente! Vou dar uma de Papai Noel. Hoje estou generoso. Vamos dividir essas duas pastilhas em quatro.

Ele abriu a mão e lá estavam dois pingos cor-de-rosa, mínimos.

— Esses pinks chegaram ontem da Califórnia.

— O que é isso? – perguntou Bianca, aproximando o rosto da mão de Ralfo.

– LSD – disse Verinha, que era mais experiente.
– Ácido lisérgico. Trip garantida por 24 horas – completou Ralfo.
– Porrada – completei, antevendo a loucura que poderia pintar.
Ele agarrou uma das pastilhas e a partiu entre os dentes.
– Vai – disse para Bianca, entregando a outra metade.
Ela me olhou, procurando um apoio.
– Quer experimentar? OK. Dizem que é porrada.
– Tem para todos.
– Vamos juntos? – falei, olhando para Verinha.
– Ai, que meeedooo... – ela brincou. – Passa pra cá meu pedaço.

Assim, tomamos as pastilhas de ácido quando a rotação da terra fazia a luz do sol desmaiar no horizonte róseo. Pink.

III

Os paraísos artificiais de Timothy Leary, as portas da percepção de Aldous Huxley, as multicoloridas ondas pop psicodélicas da arte e da literatura não dão conta dos desvarios que o LSD provoca. Texturas, sons, dimensões, sentimentos se alteram em todas as direções e sem uma ordem lógica ou ilógica. Mesmo essas palavras perdem o sentido. A descrição da viagem realizada naquele dia é impraticável. Os resultados, nem tanto. Caminhamos a esmo pelas praias e enxotamos os cães raivosos de residências ricas como se fossem gatinhos inofensivos. Os animais percebem a loucura com seus sentidos apurados. Abraçados, à beira-mar, os quatro tremeram com os delírios emotivos provocados por comportas mentais nunca antes abertas.

Perdemos as mochilas e nossos livros de poesia. (Um pescador encontrou e os recuperamos quatro dias depois.) Choramos de alegria ao ver o sol surgindo no oceano, como um deus que volta a cuidar de suas criaturas depois de sair para uns drinques. Foi isso.

Bem, adiamos nossa partida com o episódio do LSD. Bianca deu uma namorada em Ralfo, "ficou", como se diz hoje, e ele se apaixonou. Pegou no pé da menina e na hora de viajar precisamos fugir sem avisar para que o rapaz não fizesse drama. Era o fim do verão e pensávamos em fazer 3 mil quilômetros em três dias em direção à Bahia. As meninas, por incrível que pareça, conseguiam vender as poesias. Acho que alguns homens compravam para trocar algumas palavras com garotas bonitas e outros para ajudar. Dava para cobrir a alimentação, mas era pouco.

No Rio de Janeiro estávamos exaustos e sem lugar para descansar. Elas venderam mais alguns livros e nos hospedamos num hotel barato na Lapa. Descansamos e partimos para a praia de Ipanema, no famoso píer onde se reúnem os malucos cariocas. Podes crer, amizade, era um lugar maravilhoso. Uma estrutura enferrujada entrava mar adentro e na areia em torno ficavam os bichos-grilo. Cada grupo de dois, três ou mais fumava seu baseado em harmonia total. Sentamos lá e ficamos olhando. Logo se aproximou uma mulher de uns trinta anos.

– E aí, amizades... cês são daqui não...
– Somos de Floripa.
– Floripa, maneiro...
– Eu sou de Sampa – divergiu Verinha.
– Legal. Eu sou Mariluz, de Ipanema – ela disse sorrindo.

– Xul.

– Bianca.

– Legal. E quem é par de quem?

Todos rimos.

– Ninguém é de ninguém, mas nos amamos – falei.

– Legal. Nada de caretices, então?

– Nada, caretices fora.

– Legal. Vocês tão onde?

– Encostamos num hotelzinho ali na Lapa, mas vamos ter de levantar. A grana acabou.

Verinha apanhou um dos cadernos de poemas na bolsa e estendeu para ela.

– Vendemos esses poemas aí. São do mano.

– Um poeta? Legal.

Mariluz folheou o caderno.

– Inferno chamado tédio/ Dele tenho ódio/ Mal que não tem remédio... Legal. Cheio de aliterações, mas intenso.

– Cheio de quê? – eu quis saber.

– Aliterações. Esse tédio, ódio é que faz a composição sonora do poema.

– Você também escreve?

– Às vezes, quando o tédio ou o ódio me obrigam...

Rimos. Ela era uma coroa bonita, de olhos claros. Parecia estar chapada ou meio bêbeda.

– Vou fazer um negócio com vocês. Ganho o teu livro autografado, de presente, e vocês vão para a minha casa... por três dias, inicialmente. Nada é eterno, como vocês sabem...

Rimos de novo. Fui apanhar o livrinho de suas mãos para autografar e ela agarrou a minha mão com as suas. Olhou para as meninas.

– Ele é gostoso?

– Demais – falou Verinha.

Mariluz me olhou nos olhos.

– E elas? São gostosas?

– Demais – eu disse.

– Então, vai ser uma farra... Eu moro em Santa Teresa. Vocês conhecem?

– De nome – falou Verinha.

– É um lugar lindo. Um dos poucos morros do Rio que não são núcleos favelados. Eu moro numa casa.

– Numa casa? Legal.

Rumamos todos para o mar. A aventura batia à nossa porta na cidade de São Sebastião do Rio de Janeiro.

Subimos com Mariluz para Santa Teresa. Ela morava num sobrado. Rua Oriente, li na placa da esquina. Significativo. As paredes eram cobertas de livros acomodados de forma caótica em estantes muito altas. Um cão bóxer veio fazer festa quando entramos.

– É Gertrude, mas podem chamá-la de Stein.

Naqueles dias eu não sabia que esse era o nome de uma poeta e animadora cultural francesa. Achei que era apenas mais uma loucura de nossa anfitriã. Subimos as escadas rangentes e ela nos indicou um quarto com uma cama de casal.

— Podem ficar aqui. Meu quarto é ao lado, se quiserem fazer uma visita. Vou desmaiar por algumas horas. Ingeri uma quantidade estúpida de álcool durante o longo dia. Há o que comer e beber na geladeira.

Após bater a porta, também resolvemos deitar e meditar sobre nossa situação.

— Acho que ela vai te querer — disse Bianca.

— Por que você diz isso? — eu quis saber

— O jeito que ela te olhou. Ela gosta de poetas.

— Ela olhou assim para a gente também — rebateu Verinha. — Acho que ela está a fim de todos nós.

— Como assim? Tu acha que ela gosta de mulher? — admirou-se Bianca.

— Tenho certeza.

— Ela não vai obrigar ninguém a nada — eu disse para tranqüilizar Bianca.

— Você nunca transou com uma mulher? — quis saber Verinha.

— Eu não.

— Mulher é booommm... — falei, para zoar.

— Cês tão querendo curtir com a minha cara.

— Não. Quando você experimentar vai gostar.

— Tu fala como quem já experimentou...

— Experimentei, mesmo... namorei uma prima e depois uma colega de escola.

— É?

— É.

Agarrei a mão de ambas e deitei a cabeça nas coxas de Verinha. Adormeci.

Era madrugada quando acordei e vi Mariluz sentada em frente à nossa cama numa poltrona de vime. Sorriu quando abri os olhos e dei com ela. Pôs o dedo sobre os lábios pedindo que eu não acordasse as duas meninas. Ao se erguer, o chambre que vestia se abriu e pude ver seu corpo nu. Estendeu o braço me convidando a acompanhá-la. Obedeci. Eu estava de cuecas, mas achei que ela não estava preocupada com esse detalhe. Entramos no seu quarto, ao lado do nosso. Apanhou uma caixinha sobre a mesa e me entregou.

– Feche um beque pra gente se animar, enquanto vou ao banheiro.

Sentei na cama, depois que ela saiu, e fiquei apertando o charo e olhando. Na mesa de cabeceira havia um livro: *Cantos*, de Ezra Pound. Era muito grosso. Dei uma espiada, era poesia.

– Só o que amas verdadeiramente será tua herança – ela disse, entrando no momento em que eu folheava o livro.

Ela estava nua. Apanhou o charo de minha mão e acendeu. Enquanto dava tragadas lentas agarrou no meu pau com a mão livre.

– Vai me comer agora ou quer que embrulhe?

Riu muito de sua própria piada, depois me passou o charo. Enquanto eu fumava, ela baixou a cabeça, tirou meu pau para fora e caiu de boca. Era mulher experiente.

Bem, no fim da manhã do dia seguinte, acordei na cama de nossa anfitriã. Lembrei da madrugada, do baseado e de um vinho que ela abriu para nós. Farreamos até quase o amanhecer. Levantei,

apanhei a cueca no chão e sai para o corredor. As meninas não estavam em nosso quarto. A janela estava aberta. De lá pude ver as duas sentadas no jardim.
— Olá, cara. Chega mais — gritou Verinha.
— Tô descendo.
Esquentei uma xícara de café e saí para o jardim. Um sol morno transformava nossa ressaca em dolência

Só no meio da tarde Mariluz saiu da cama. Veio nos encontrar no jardim, onde permanecemos cheios de preguiça.
— Então, crianças. Descansados? Prontos para a farra da noite? — Engrossou a voz. — "Porque hoje é sábado", como dizia o poeta. — Relaxou a postura. — Aí, preciso comer alguma coisa. Vocês ainda estão no café-da-manhã?
— É. Só tinha pão e queijo na casa. Não estou reclamando. Estamos aqui de favor.
— Que nada. Vocês são meus hóspedes mais do que queridos. Vamos sair para comer.

Mariluz girava pela cidade dirigindo um Simca Chambord com o pára-lama amassado. Acho que o carro também estava com folga na direção, porque dançava um pouco. Saímos pelo bairro boêmio, cheio de gente parecida com a gente. Longos cabelos e barbas, olhares chapados, roupas coloridas, em suma, todo mundo meio hippie. Ela ia acenando e gritando os nomes de uns e outros, seus conhecidos. Ela era mesmo bem popular no bairro.

Estacionamos no Largo dos Guimarães, um lugar bem no centro de Santa Teresa, e sentamos num restaurante simples, mas cheio de pessoas bonitas. Ela mesma pediu os pratos para todos, feijoada, como se fossemos seus filhos. Agiu como se não tivéssemos transado naquela noite; quero dizer que não ficou perto de mim, me agarrando, nada disso; pelo contrário, passou a dar mais bola para as meninas. Muitas cervejas e caipirinhas depois, a confusão era geral, me refiro aos papos. Mariluz era doidona e nos apresentava para as pessoas que se aproximavam, cumprimentando, como se fossemos sua nova família.

– Chega aí, Chandão – ela gritou, convocando um maluco que passava lá fora.

O cara se aproximou.

– Senta aí, bebe uma com a gente. Deixa eu te apresentar a Verinha, a Bianca e o Xul. Estamos fazendo uma festa hoje lá em casa. Você está convidado.

O tal Chandão sentou e Mariluz continuou convocando as pessoas para a festa que ela inventara na hora.

– Liga para a Martinha. Pede para ela trazer a Mariinha e o Sebastião. A Luisa podia trazer o violão de sete cordas. O que você acha?

Crescia o bochincho da tal festa. Logo tinha umas vinte pessoas em torno de nossa mesa. Todos articulando o festerê. Senti que nossa anfitriã estava interessada na Verinha. Sentou ao seu lado e, a todo momento, abraçava minha garota; bem, uma das minhas. O movimento estava sendo marcado para começar à meia-noite.

– Todo mundo vai levar bagulho, mas não pode faltar para a gente – ela sussurrou ao Chandão, depois alcançou duas notas para ele. – Busca perna e galo do preto – ela completou. Explicando: bagulho é droga, perna é cem, galo é cinqüenta e preto é maconha. Para diferenciar de cocaína, que é a branca.

Às oito da noite, estava todo mundo pra lá de Bagdá. Decidimos por unanimidade ir para casa descansar um pouquinho. Havia uma festa pela frente. Mariluz balançava perigosamente, e seria uma temeridade embarcar no Simca com ela ao volante.

— Amizade, cê tá sem condições de dirigir — falei.
— Leva você, amor — disse ela, arrotando escandalosamente.
— Vamos nessa — assenti e me pus ao volante da charanga.

Em torno da meia-noite começaram a chegar os doidões de todos os tipos, cores e nomes. Era um entra-e-sai desbundado. Mariluz, que dormira e estava incrivelmente recuperada, me apresentava como poeta do Sul com suas musas, Verinha e Bianca. A minha paulista estava sob seu fogo cerrado. Deixei rolar, porque avaliei que Verinha sabia se cuidar. Um palco improvisado no jardim acolhia os artistas mais variados, desde cover de Janis Joplin até mímicos e falsos mágicos. Fui convocado a dizer qualquer coisa. Resolvi retirar do ineditismo um poema que compusera nos últimos dias.

>Ao olhar nos olhos dum maluco
>Não simplifique
>Seu olhar de cordeiro é mansidão
>Não antipatize
>Seus cabelos longos são como os de Cristo

Não seja hostil
Ele só quer viver do jeito dele
Não chame a polícia
Ele só fumou UM para ficar na MAIOR

Todos aplaudiram entusiasticamente, mas a vizinha chamou a PM lá pelas duas da manhã. Uns convidados que estavam fumando maconha foram em cana e a festa acabou. Modo de dizer. Sem zoar muito, ficaram umas vinte pessoas tocando violão, baixinho. Canções de Bob Dylan e Violeta Parra. Amanhecia o dia quando levei Bianca nos braços para nossa cama. Verinha havia sumido com a anfitriã. Dei uma espiadinha no quarto de Mariluz no momento em que ela acomodava a cabeça entre as coxas de Verinha.

A manhã seguinte repetiu a cena do dia anterior, com a diferença de que Verinha estava no lugar que eu ocupara. Eu e Bianca tomamos o café-da-manhã no jardim, lá pelo meio-dia.

– E se ela vier para cima de mim, o que faço? – queria saber Bianca, depois que contei o que vira na noite anterior.

– Ela não vai te obrigar a nada. Verinha transou porque quis.

– Será que ela acha que devemos pagar aluguel com amor?

– De jeito nenhum, ela é super cabeça feita e não vai tecer um raciocínio grosseiro como esse...

– Tomara.

– Pode ter certeza.

Uma hora da tarde as duas desceram, olheiras a postos de quem levou a farra a sério.

– E aíííííí? – cumprimentou Verinha, trinando os is.

— Tudo legal, amizade. Sentem, garotas sapecas.

— Por que sapecas? – quis saber Mariluz. – É, está certo, sapequíssimas. Gostaram da festa? Foi bom pra vocês.

— Legal, Mari. Você sabe reunir os malucos.

— Teu poema fez sucesso. Você precisa ler mais. Você é meio inculto. Caia dentro de minha biblioteca. Vou te indicar uns livrinhos. Com meia dúzia de centenas de obras teu trabalho vai dar um salto de qualidade.

— Meia dúzia de centenas? Seiscentos livros. Você está louca. Sou vagabundo – falei. – Jamais vou conseguir ler seiscentos livros.

— Claro que consegue. É só entrar numa. Os grandes marginais que você idolatra, como Allen Ginsberg e Gregório Corso, leram pra caralho, pode ter certeza.

— Sei lá. Não acho que vá conseguir ser literato. É preciso muita pose.

— Não. É preciso determinação e conhecimento. Para repetir o mínimo do que já foi feito.

Enquanto Mariluz e eu seguíamos neste papo cabeça, notei Bianca e Verinha cochichando. Seguiram falando num canto do jardim, sob uma jaqueira. As vozes de minhas meninas faziam um zumbido de fundo, como abelhas, enquanto eu ouvia o aconselhamento de nossa anfitriã.

— Vamos até a minha estante, depois do café, que vou te passar alguns livros. Alguns te dou; outros, você lê aqui. Assim vocês ficam um pouco mais comigo.

Bianca estava chorando e entrou na casa. Verinha seguiu atrás. Eu ia levantar para falar com elas e Mariluz agarrou meu braço

– Deixe as duas. Estão vivendo uma crise de ciúmes, mas vai passar.

– Ciúmes?

– Elas são amantes. A fugida de Verinha encrespou a outra. É normal entre mulheres bissexuais.

Eu estava surpreso e não fiz mais perguntas para Mariluz, evitando passar por idiota. Nós éramos um triângulo e só eu não sabia.

Após o café fui para a sala revirar os livros com a nossa doida amiga experiente. Havia volumes em espanhol, francês e inglês, que ela retirava da estante, lendo trechos. Eu me preocupava com as minhas meninas, mas não queria dar bandeira. O papo sobre poesia interessava, mas meu orgulho ferido, ao descobrir que vivia entre pessoas que se transavam sem que eu houvesse notado, me incomodava. Fiquei lembrando quantas vezes acordei e elas estavam abraçadas. Reconstituí na memória ocasiões em que, certamente, estiveram juntas pouco antes de minha chegada e cada vez me senti mais tolo.

– Escrever poesia é cortar palavras, exige concentração, assim como no amor – disse ela.

– Desculpe. Na verdade, estou chocado.

– Você não sabia que elas eram amantes, não é?

– Não sabia...

– Notei, por isso abri o jogo. Sempre é melhor saber do que não saber. Não há sofrimento desnecessário se ele está na órbita de nossa intimidade.

– Pode ser que você tenha razão.

Mariluz colocou a mão sobre meu ombro e seus dedos subiram até minha nuca, afastando meus cabelos. Era um carinho suave que combinava com a ternura de seus olhos postos sobre mim. Aproximou-se e me ofereceu os lábios. Beijou-me.

— Acho que você está precisando recuperar sua auto-estima erótica. Vamos para o meu quarto?

Saímos abraçados, com dois livros nas mãos e íamos subindo a escada quando Bianca e Verinha entraram.

— Vai comer todo mundo? — Bianca perguntou num tom agressivo.

— Estava pensando em você para hoje à noite, caso não tenha programa — disse Mariluz sem nenhum sarcasmo aparente.

Houve um silêncio, que só não era tenso porque havia tesão geral.

— Tenho uma idéia. Venham todos comigo, até meu quarto.

A sugestão não pareceu convencer Bianca, e Mariluz foi até ela. Beijou suas mãos.

— Vamos?

Subimos, juntos e calados. Entramos no quarto dela.

— Vamos sentar aqui na cama.

Ela me estendeu a caixinha.

— Xul, feche o baseado.

Mariluz agarrou as mãos de Bianca e de Verinha.

— Nossos corpos são a carne do espírito. Por isso são sagrados. E, por assim serem, merecem nosso respeito e nossos carinhos...

Ela falava com leveza e de forma convincente. Começou a desabotoar a camisa que Bianca vestia. Os pequenos seios brancos ficaram à mostra e ela beijou um e outro.

– Que bom existir e poder amar. Que bom que há três fêmeas aqui dispostas a tudo para chegar ao prazer maior. Que bom que há um macho que pode nos cobrir como boas éguas no campo...

Suas mãos seguiam suas palavras desnudando as meninas e distribuindo beijinhos e chamegos. Comecei a perceber que se desenhava uma bela orgia. Não havia por que ser contra. Acendi o baseado enquanto Mariluz se concentrava em Bianca. Verinha olhava, fascinada, sua amante recente apalpando sua amante mais antiga. Talvez nunca houvesse visto uma mulher em ação sobre outra. Alcancei o baseado para ela e me coloquei por trás, agarrando seus ombros e beijando, de leve, seu pescoço.

– Doce princesa feita para o amor – dizia Mariluz enquanto desvendava a intimidade de minha Bianca com gestos precisos.

Não sei o porquê, mas certamente sem nenhuma conotação vingativa, lembrei de seu pai me ameaçando em frente aos policiais. Ele vivia fora do mundo sensível. Retirei a camiseta que Verinha vestia e me dediquei a acariciá-la, como que perseguindo a lição de amor que nossa anfitriã oferecia. Logo eu estava em plena ereção e ia trazer a menina para sentar sobre mim. Senti a mão de Mariluz pegando meu pau. Ela estava mergulhada na carne de Bianca, arrancando e distribuindo prazeres, mas não deixava de ver e sentir o que se passava em volta.

– Calma. Entre no ritmo das mulheres. Vou te dizer o momento de penetrar – sussurrou.

Aceitei a sugestão, não sem certa impaciência. Mas era como a brincadeira de siga o mestre. Estávamos nus, os quatro, sendo que as meninas no meio e Mariluz e eu nos extremos, lado a lado.

– O sabor do macho é como um tempero que não pode ser usado antes da hora certa. É preciso lembrar que gozar é muito bom, mas é o fim. Vamos retardar o fim?

Seguimos as instruções de nossa experiente doidona e as posições foram se alternando: boca e coxa, boca e pau, boca e bunda, boca e boca, arrepios davam o tom da satisfação e os gemidos teciam a melodia da foda quadruplicada. É claro que gozei sem penetrar, mas nova ereção se apresentou e comecei a pensar que nunca vivera experiência como aquela.

– A Bianca está no ponto para receber a alavanca sagrada – disse Mariluz, um tanto alucinada.

Imaginei que ela se referisse à penetração, mas aguardei instruções.

– Venha, Xul, coloque aqui a sua bengala musculosa – insistiu ela e mudamos de posição. Quando meu olhar se colocou sobre o de Bianca, sorrimos satisfeitos. Nós, que há poucos anos éramos jovens virginais, estávamos ali, sem trauma. Entrei nela e seus braços enlaçaram meu pescoço e seu gemido sulista era pura melodia. Por incrível que pareça há sotaque em gemidos. As próximas duas horas foram de puro exercício amoroso, cheio de dança sensual de corpos sobre corpos, sorrisos, gestos, palavras poucas, mas precisas. Só Mariluz falou, na verdade. Apenas ela teve coragem de falar sem cair no ridículo. A certa altura, leu trechos do livro que me indicara. Era da poeta grega Safo.

> Vivamos, mea lésbia
> E amemos
> E as várias vozes velhas valham-nos menos que vintém.

III

A estada com Mariluz se alongou por meses a fio, com envolvimento cada dia maior de todos nós. Se ela podia ser nossa amante mais madura, também seria nossa mãe mais jovem. Sem que ela distinguisse muito uma função da outra, crescia nossa ligação. Ela se preocupava com cada um, individualmente, e com todos, como grupo de amigos. Mas seu enorme tesão foi perdendo força, e em algumas noites, dormiu abraçada a mim, mas como uma irmã. Esses sinais de que alguma coisa estava errada se apresentou por inteiro quando ela sugeriu a volta à escola.

– Mari pirou – indignou-se Verinha, para quem o "sistema" tinha seu primeiro braço monstruoso no ensino.

– Outro dia ela veio me propor pensar numa carreira – completou Bianca.

– Carreira? – Eu ia fazer uma brincadeira dizendo que carreira só de pó, mas me calei. O momento era grave. Resolvi virar a mesa.
– Acho que tá na hora de saltar fora desse barco! – eu disse, em tom de sentença.

– Podes crer, amizade – completou Verinha.

– Mas ela vai ficar tão tristinha...

– Pois é, Bianca, mas pior é a gente ficar tristinho – emendei para cortar qualquer sentimentalismo de minha garota.

Durante esse papo, as duas permaneciam deitadas lado a lado, enquanto eu me espichara ao contrário, de forma que minha cabeça estava na linha das coxas de ambas. Beijei uma e outra, alternadamente.

— Agora não é hora, Xul, precisamos pensar na vida – cortou Verinha.
— Essa é a prova de que estamos ficando caretas. Ninguém mais faz amor nessa casa.
— É mesmo. Há dias ninguém me ataca – choramingou Bianca.
— Deixe comigo – gritou Verinha, e se jogou sobre ela. Eu subi sobre as duas e encerramos um abraço profundo.

Planejamos nossa fuga para a manhã do sábado, quando Mariluz dormiria até mais tarde depois da beberagem da sexta. As meninas foram a favor de falar para ela, eu rebati tal proposta, que seria uma choradeira infernal. Então elas propuseram escrever um bilhete. Topei. Fui escolhido para escrever, é claro. Preço que se paga por fazer uns poeminhas.

"*Mariluz:*

Ao acordar verás: as pombas voaram mal o dia clareou. Sacuda o corpo e evite chiliques inúteis. Melhor olhar para a frente e sonhar com os tesouros da mente. És pó e ao pó voltarás, como está escrito no livro negro de Malaquias.

Nós achamos tudo muito bom.
Valeu.
Elas e Eu.

P.S.: Vou levar As Folhas da Relva, *do Whitman e* As Flores do Mal, *do Baudelaire. Grato, para sempre.*

Verinha disse que a frase do pó era da Bíblia e não do tal Malaquias, mas não mudei nada. Deixamos ao lado da xícara, na mesa de café-da-manhã, e pegamos a estrada rumo à Bahia. Éramos um triângulo assumido, agora. Estava claro que nos amávamos de forma igual e proporcional. Ficamos juntos num hotelzinho vagabundo de beira de estrada e, pela primeira, vez o trio vivia sua integridade. Eu estava convencido de que amava ambas com igual fervor.

Montamos uma espécie de show para vender os meus livros, que eram nossa única fonte de renda. Eu "dizia" alguns poemas e elas, cheias de sensualidade, ofereciam o livro ao público que se juntava em torno. Dava mais ou menos certo. Fizemos isso em Guarapari e em outras cidades do caminho. Acampamos na beira do mar várias vezes e era um paraíso viver aqueles dias com aquelas mulheres/meninas. O fim de nosso encontro aconteceu perto de Trancoso, quando dois homens levaram Bianca para um carro preto. Tentei impedir e levei um soco. Verinha recebeu um tapa quando puxou nossa amada pela bata.

– Se mete não, putinha... que acabo com tua raça – disse um dos seqüestradores e foi o que bastou para reconhecermos o sotaque catarinense. Era um policial contratado pelo pai de Bianca. Nossa alegria entornou no chão

Essa historinha triste é minha lembrança mais forte dos 70, jornalista. Sonho de amor a três interrompido por quem achava que amar é chamar a polícia. Logo depois, em Arembepe, Verinha se encantou por uma menina que não aceitava meninos. As duas sumiram da minha vista e fiquei só mais alguns dias por lá. Isso tudo aconteceu há 35 anos.

Quando voltei para Santa Catarina, a família de Bianca havia se mudado para Porto Alegre. Mas houve um reencontro nos anos 90, quando lancei *Trincadourada*, meu primeiro livro de poemas por uma editora de porte nacional. Durante a divulgação, falei que a inspiração da obra (que pompa para um velho hippie aposentado) havia sido um triângulo amoroso dos anos 70. Elas leram no jornal e ligaram. Primeiro, Verinha. Morava com um cara que ela achava maneiro, mas queria me ver. Combinamos em São Paulo num fim de semana. Neste meio-tempo, Bianca também ligou, mas não disse como estava sua situação amorosa. Ao saber do encontro, quis comparecer.

Fiquei num hotel barato no bairro do Bexiga. Marcamos à uma hora da tarde para o almoço, numa cantina italiana quase em frente ao lugar em que me hospedei. Cheguei mais cedo com dois livros autografados. Sentei e pedi vinho. Um táxi parou e desceu uma moça bonita que tomei por Bianca. Levantei da mesa sorrindo. Ela fechou a cara e entrou no prédio ao lado. É claro que não poderia ser. Fiz as contas rápido e concluí que a minha menina devia ter uns cinqüenta, mais ou menos. Quebrava minha cabeça para chegar a uma data exata quando ouvi a voz um tanto rouca de Verinha ao meu lado.

Uma mulher simpática me sorria. Os cabelos grisalhos, que a maioria disfarça com pintura, entregava a militante natureba. Apesar das rugas em torno dos olhos e dos talvez 20 kg a mais, Verinha era a mesma pessoa que eu amara. Estávamos abraçados quando outro táxi deixou Bianca ao nosso lado. Os mesmos quilos a mais, mas emoldurados em mechas douradas faziam o tipo de Bianca mais burguês, digamos assim. Abraços, abraços e mais abraços, palavras enredadas em algum canto da garganta.

– Vamos sentar e beber um vinho. Afinal, sobrevivemos.

Mas ficou nisso, jornalista. Duas horas depois, nos despedimos para sempre.

SOBRE "PRA LÁ DE BAGDÁ"

Nossa história começa com Xul contando suas lembranças da década de 1970: "Naqueles anos amei como nunca mais vou repetir, um tanto porque o amor passional é fruto da juventude outro tanto porque participei de um triângulo amoroso."

Os jovens dos anos 60 e 70 temiam a hipocrisia e queriam preservar a espontaneidade e o frescor da existência. Compreendiam que a vida sexual de cada um é assunto privado. A valorização da individualidade vai colocar os valores tradicionais em xeque. Houve mais celebração do sexo em vinte anos, até o começo dos anos 80, do que em qualquer outro período da História. Os antigos laços – a família, a comunidade, a Igreja – se rompem, e o sexo substitui, só ele, todos os valores, que se desmoronam.

COMO TUDO COMEÇOU

Após a Segunda Guerra Mundial, com a destruição de Hiroxima e Nagasaki, a ameaça da bomba atômica paira na cabeça dos jovens. Com o sentimento de insatisfação que isso provoca, eles começam a questionar os valores de seus pais. Muitos deles, principalmente nos Estados Unidos, se recusam a dar continuidade a um estilo de vida que consideram medíocre e superficial. Em vez de se enquadrar nos papéis determinados pela sociedade, estavam dispostos a buscar uma verdadeira liberdade, com emoções diferentes e novas sensações. Surge a Geração Beat, composta de jovens intelectuais americanos que, em meados dos anos 50, resolvem – regados a jazz, drogas, sexo livre e pé na estrada – fazer sua própria revolução cultural através da literatura.

OS BEATNIKS

Os beatniks produziram livros de poesia e prosa com uma marca muito própria. Eram, essencialmente, contestadores do sistema americano, aquele que ficou conhecido como *American Way of Life* e que os EUA exportam para todo o planeta.

    Esses poetas achavam que tudo estava muito devagar, daí o nome *Beat* – ritmo, embalo, ligação, e também bater e beatificar. Esses artistas da palavra estavam descobrindo a cultura negra, a riqueza do jazz, a sensualidade e a festa, é claro. A festa dos cabarés ao som do sopro do jazz, tudo regado com gim, *cannabis* e outras drogas. Foi um movimento de celebração da vida e da liberdade. Afinal, o mundo poderia acabar por qualquer razão idiota que a guerra fria decidisse encontrar.

O grupo inicial tinha na figura de Jack Kerouac sua principal expressão. Jack criou o termo "Geração Beat", sacramentado quando o *New York Times* o publicou. Kerouac era top de linha naqueles dias. Praticava uma espécie de escrita automática. Escrevia com rolos de papel telex na máquina, de forma que não era interrompido em sua corrente de criação. Ele escreveu um livro chamado *On The Road*, algo como "na estrada". Até hoje os *road movies*, filmes em que os protagonistas viajam de carro pelo deserto americano, repetem essa fórmula de sucesso.

Mas Jack não chegou a ser aceito pelo sistema americano. Como todo artista de vanguarda, sofreu rejeição por sua ousadia. Junto com ele vieram poetas como Allen Ginsberg, romancistas como William Burroughs e o professor de Harvard Thimothy Leary, que distribuía LSD no campus da universidade.

ROCK'N'ROLL

O rock liberou toda essa juventude do conformismo. Imoralidade, luxúria, sexualidade desenfreada, estas palavras enchiam as manchetes dos jornais. O rock incentivou o comportamento rebelde em relação à sociedade, um comportamento ofensivo para os conservadores. Os jovens não perdiam tempo no momento em que seus hormônios fervilhavam.

O rock-'n'-roll se expande. Quando Elvis Presley rebolava as ancas sensualmente, e a TV da época só podia mostrá-lo da cintura para cima, era sinal de que a revolução sexual estava começando. Os beats abriram essa porta e a geração seguinte fez muito sexo ao som de Jimi Hendrix ou com a voz rouca de Janis Joplin ao fundo. Mas essa mudança só foi possível porque o desenvolvimento tecnológico permitiu que um novo produto chegasse ao mercado.

A pílula anticoncepcional foi a principal responsável pela mudança radical de comportamento amoroso e sexual observado a partir dos anos 60. O sexo foi definitivamente dissociado da procriação e aliado ao prazer. As mulheres se libertaram da angústia da maternidade indesejada.

CONTRACULTURA

Para os jovens dos anos 60, a geração que ficou conhecida por seu interesse em sexo, drogas e rock-and-roll, e cujo slogan favorito era *make love, not war*, o sexo vinha indiscutivelmente em primeiro lugar. A busca era por uma gratificação sexual plena. A liberdade sexual foi o traço de comportamento que melhor caracterizou o *Flower Power*.

Costuma-se caracterizar essa geração, a da contracultura, pelas drogas. É bem verdade que o uso de drogas naturais mais leves, como a maconha, ou de drogas sintéticas, como o LSD, foi bastante disseminado. Mas não era essencial para o movimento, nem sequer seu principal objetivo. A experiência com os estados alternativos da consciência era apenas uma aventura capaz de atrair uma geração de jovens cujo fascínio pelo inusitado e pela exploração de áreas da experiência humana estranhas aos seus pais foi sem dúvida marcante. "Os paraísos artificiais de Timothy Leary, as portas da percepção de Aldous Huxley, as multicoloridas ondas pop psicodélicas da arte e da literatura não dão conta dos desvarios que o LSD provoca. Texturas, sons, dimensões, sentimentos, se alteram em todas as direções e sem uma ordem lógica ou ilógica. Mesmo essas palavras perdem o sentido. A descrição da viagem realizada naquele dia é impraticável", descreve Xul.

Os jovens contestam os costumes e os padrões de nossa sociedade judaico-cristã, nossas tradições e preconceitos. Enfim, nossas instituições sociais. A palavra de ordem era *drop out* – cair fora do "sistema", já que havia a recusa do modo de vida burguês, considerado *careta*. As informações chegavam – e o caldeirão fervia. "A maré neo-romântica da contracultura, que pode ser definida como uma movimentação estético-psicossocial, se espraiou entre nós. Concentramo-nos, com intensidade variável, em coisas como o orientalismo, as drogas alucinógenas, o pacifismo, o movimento das mulheres, a ecologia, o pansexualismo, os discos voadores, o novo discurso amoroso, a transformação *here and now* do mundo etc. (...) Havia o sonho de superar a civilização ocidental. Era impressionante a confiança que tínhamos na possibilidade de construir um mundo radicalmente novo."[1]

Essa geração foi a primeira a colocar em questão a tradição do amor romântico, passivamente aceita por todas as gerações anteriores. A descoberta da possibilidade de amar várias pessoas ao mesmo tempo e ter uma vida afetiva mais rica, mais diversificada, foi a grande revelação. Todo mundo podia transar com todo mundo. "Eu queria a plenitude amorosa. Uma barraca grande era meu sonho. Os três amariam sob o céu estrelado de praias desertas em toda a costa brasileira e – por que não? – ao redor do mundo", nos diz Xul.

A liberdade inédita, a famosa permissividade da contracultura, foi duramente criticada pelas gerações anteriores como promiscuidade e degeneração. "É possível que, em muitos casos, tal crítica tivesse até algum fundamento, mas, de maneira geral, o que se descobriu foi simplesmente capacidade do instinto para se auto-regular, para estabelecer espontaneamente seus próprios limites e os mecanismos de autocontrole porventura necessários, sem a imposição artificial de uma repressão externa."[2]

A contracultura foi um acontecimento essencialmente pacífico. "Pela primeira vez na história da humanidade enormes massas humanas, mais especificamente jovens, informalmente se organizaram em todo o mundo ocidental para lutar com paz e amor. Não exatamente contra a miséria e a fome. Contra temas que em geral vêm oprimindo aos homens desde os primórdios das sociedades humanas, independentemente da classe social a que pertençam. Temáticas que não dizem respeito apenas a um país ou a um possível segmento de fanáticos. Mas a toda uma aldeia global. (...) Depois dela passamos a lutar por um novo modo de viver já. Aqui e agora. A contracultura plantou uma nova idéia de família, de casamento, das relações sexuais; outra atitude para com a natureza, para com o próprio corpo e para com Deus."[3]

Como o renascimento dos séculos XV e XVI, a contracultura alterou as correlações de força na sociedade, desfez preconceitos, ridicularizou falsos poderes, legitimou movimentos que surgiam e criou novos paradigmas culturais que vieram para ficar, como o modo de vestir, fazer arte e se relacionar. Os movimentos Hippie, Gay, Feminista e o Black Power surgiram desse renascimento, todos explodindo em maio de 68, em Paris, como um tsunami de idéias.

O MOVIMENTO HIPPIE

No início da década de 1960, o mundo conheceu o principal e mais influente movimento de contracultura já existente, o movimento Hippie. A Geração Beat foi uma das principais vertentes que deram origem a ele. O termo derivou da palavra em inglês *hipster*, que designava as pessoas nos EUA que se envolviam com a cultura negra. Em 6 de setembro de 1965, o termo *hippie* foi utilizado pela primeira vez, num artigo em um jornal de São Francisco, Califórnia.

Os primeiros hippies surgiram propondo o desejo simples e elementar de felicidade da vida humana. O raciocínio fundamental, aqui, é muito simples. O sistema é injusto e cria a infelicidade, fazendo com que os seus valores sejam introjetados por nós. Em resumo, somos nós que sofremos a infelicidade que ele cria. Julgando-se impotente para transformar o sistema, o hippie se dispõe a transformar a si próprio, animado pelo projeto novo de ser feliz, a despeito e à margem do sistema.[4]

O escritor Luiz Carlos Maciel, que viveu intensamente esse período, explica que todo movimento hippie, em seus princípios, é feito de tentativas para responder à seguinte pergunta: como é possível transformar o próprio espírito e ser feliz a despeito e à margem do sistema? "A primeira solução é o *drop out*, a pessoa que 'cai fora' do sistema para criar seu próprio estilo de vida. De imediato, todos perceberam que essa solução é insuficiente, já que o *drop out* pode levar para sua existência marginalizada os valores e falsos valores, os conceitos e preconceitos, as doenças e os bloqueios de sua vida anterior. O fator descoberto que se acreditou, então, capaz de romper essas cadeias foram as drogas, especialmente as drogas alucinógenas ou psicodélicas, que expandiam a mente, levando o indivíduo a compreender e superar seus mecanismos neuróticos."[5]

Os hippies vão mais longe que os beatniks, persuadidos de que o Flower Power existe, e exortando ao mundo "Faça amor e não a guerra". Idealismo, talvez, mas o slogan significava alguma coisa para aqueles que protestavam contra a Guerra do Vietnã. Em sua fase hippie, John Lennon se despe e deita-se com Yoko Ono para fazer amor a fim de dar uma chance à paz.

O musical *Hair* é um dos ícones da cultura hippie. O espetáculo conta, por meio de seu painel musical, a história de uma tribo de hippies de Nova York que vê um de seus integrantes ser convocado pelo exército para a Guerra do Vietnã. *Hair* estreiou na Broadway em 1967, reflexo da explosão do movimento hippie nas grandes cidades, e foi responsável por uma revolução do comportamento cujo impacto se observa até hoje.

ESTILO E COMPORTAMENTO HIPPIES

"Era um tanto fácil identificar a 'tribo'. A maioria já tinha um modo incomum de se expressar também na maneira de se vestir. Eu diria até que nunca a roupa e o penteado comunicaram tanto (e a nudez também). Roqueiros, freaks, beatniks, cabeludos, psicodélicos, motoqueiros, filhos da Guerra Fria, andarilhos, malucos, yuppies, hippies. Independentemente do nome que lhes seja dado, já estavam por aí contestando os costumes estabelecidos. E se proliferavam. Espécie na mais franca expansão. Mais exatamente desde o final da década de 50, com a Beat Generation, diga-se de passagem."[6]

Os homens deixavam os cabelos e a barba crescerem mais do que o usual, as roupas eram de cores brilhantes e alguns estilos incomuns – calças boca-de-sino, camisas tingidas, roupas de inspiração indiana. Adotavam um modo de vida comunitário ou um estilo de vida nômade. Na comunidade, todos os ditames do capitalismo eram deixados de lado. As funções eram distribuídas entre os moradores, as decisões tomadas em conjunto; normalmente era praticada a agricultura de subsistência e o comércio entre os moradores realizado através da troca.

Havia grande interesse por práticas orientais, com posturas e condutas que passavam pela macrobiótica, a ioga, o uso de túnicas e incensos indianos, o jogo do I-Ching. Novas drogas alucinógenas foram descobertas. "Bianca e Eu estávamos à beira-mar, quando alguém sugeriu que a gente fosse atrás dos cogus, que eram os cogumelos que nasciam no cocô dos zebus, aqueles bois que possuem corcova. Os tais cogumelos são alucinógenos brabos. Caminhamos no campo e encontramos aqueles troços e tomamos com Coca-Cola e ficamos doidaços."

"Aqueles jovens estavam assumindo outra atitude de vida. Com uma forma e um conteúdo bem pouco convencionais.

Estranhamente eram bárbaros e doces. Não eram o que se poderia chamar 'jovens bem comportados'. Mas eram lindos e falavam em paz e amor. Na aparência, eram o protótipo da alienação. Ao mesmo tempo, na essência, ameaçavam a moral vigente. Usavam drogas. Não pregavam a antropofagia ou o incesto. Porém, questionavam na prática até a monogamia. E propunham um conceito diferente de família. Em comunidades um tanto atípicas."[7]

O VERÃO DO AMOR[8]

Em janeiro de 1967, os hippies da cidade de São Francisco, Califórnia, EUA, mostraram a sua força ao convocarem uma "Reunião de Tribos" no Golden Gate Park para o chamado *World's First Human Be-In*, que teve a presença de cerca de 20 mil jovens cantando e dançando, cobertos de flores, de colares e pulseiras de contas.

Compareceram também Timothy Leary, o papa do LSD, o poeta beat Allen Ginsberg, além de outros novos gurus. A partir daí, profetizou-se que cem mil hippies ou *flower children* ("filhos da flor", como se intitulavam) invadiriam a cidade de São Francisco em junho, para o chamado "Verão do Amor". Uma grande publicidade para o "Verão do Amor" foi a música "San Francisco", gravada pelo cantor Scott McKenzie. A música, composta por John Phillips (do Mamas and Papas), recomendava a quem fosse a São Francisco que não esquecesse de colocar flores nos cabelos. A música se tornaria o hino daquele ano.

Na verdade, os cem mil jovens esperados não chegaram a São Francisco de uma só vez, mas estiveram lá no decorrer daquele verão. Eles exigiam das autoridades casa, comida e assistência médica. Além disso, a Comissão de Parques liberou algumas áreas em torno de Haight-Ashbury para sacos de dormir. Da noite para o dia, a cidade ganhou fama (nacional e internacional) de capital mundial dos hippies, o que acabou atraindo turistas de vários lugares.

Diante da exploração turística, muitos hippies deixaram Haight-Ashbury e foram viver em comunidades rurais. O que aconteceu naquele verão em São Francisco foi um reflexo do que estava acontecendo, ou iria acontecer, em quase todas as cidades do mundo industrializado.

O movimento hippie, com suas comunidades e passeatas pela paz, ganhou força a partir de um grande acontecimento, o Festival de Woodstock, em 1969, que marcou a era hippie.

O FESTIVAL DE WOODSTOCK

A cidade de São Francisco, berço do movimento hippie, não foi sede do principal festival mundial da contracultura, maior símbolo de toda uma época. No fim de semana de 15 a 17 de agosto de 1969, quinhentos mil jovens se reuniram em

Woodstock, Nova York, para o *Woodstock Music & Art Festival*, subtitulado "Primeira Exposição Aquariana". Dia e noite, sob sol ou chuva, a música rolou quase sem parar.

Woodstock acontecia fora da cidade grande, justamente para enfatizar o clima existente de volta ao campo, à natureza. Seu slogan "três dias de paz e música", que foi logo modificado para "três dias de paz e amor", era próprio da contracultura e continha o sentimento antiguerra, o conceito da Era de Aquarius. Havia a clara intenção dos quatro jovens organizadores de manter a paz no evento. O festival superou todas as expectativas e se revelou um fenômeno. Calcula-se que um milhão de pessoas não tiveram como chegar ao local. A área foi considerada de calamidade pública pela falta de condições para abrigar tanta gente. (A expectativa dos organizadores era de 50 mil pessoas.) Acarretou um dos piores engarrafamentos em Nova York, mas foram três noites e três dias sem nenhuma violência. Afinal, o lema era paz e amor.

A falta de higiene e conforto, típica dos hippies, foi compensada pelo time de astros que participou: Jimi Hendrix, Janis Joplin, Santana, The Who, Joan Baez, Joe Cocker, Jefferson Airplane, Bob Dylan. Em meio ao rock, houve nudismo, sexo livre e consumo de drogas, enfim, tudo o que batia de frente com os valores estabelecidos.

Embalados pela música, os jovens estavam reunidos para propor uma sociedade diferente. "O Woodstock visto por olhos desavisados não passou de um concerto de rock de proporções gigantescas. É no mínimo uma estupidez não se interrogar sobre o sentido histórico de um acontecimento tão rico de significados. E que espantou a todo o mundo. Um espetáculo sem precedentes na História. Inimaginável que um show musical pudesse mobilizar tantos jovens, e por tanto tempo. Mesmo sabendo que estariam tão mal acomodados. Devia haver entre eles uma identidade de propósitos muito forte para com a vida. Algo que os unia além deles mesmos."[9]

No amanhecer de segunda-feira, dia 18 de agosto, Jimi Hendrix sobe ao palco, brindando aqueles que ainda não tinham ido embora, com sua interpretação do hino nacional dos EUA, "The Star Spangled Banner", arrancando de sua guitarra explosões de bombas, granadas, rajadas de metralhadoras e roncos de helicópteros, numa clara alusão à Guerra do Vietnã. Woodstock foi, sem dúvida, uma cerimônia de consagração da contracultura.

SITUAÇÃO POLÍTICA NO BRASIL

"Olha, Xul. Os tempos estão difíceis e vão piorar. O país está na mão desses gorilas corruptos. Gente como você vai ser triturada. É isso que você quer?", pergunta o pai de Xul. A década de 70 foi o período mais repressivo do regime militar instalado no Brasil em 1964. A agitação estudantil de 1968 provocou uma forte reação da ditadura. Os militares resolveram sufocar de todas as formas qualquer indício de contestação. O Ato Institucional nº 5, AI-5, foi criado e, com ele, as prisões se multiplicaram, as torturas se intensificaram, com métodos aperfeiçoados, e as execuções secretas tornaram-se prática comum.

No final da década de 60, os jovens contestadores se distribuíram em duas vertentes radicais: a esquerda e o movimento contracultural. "A aproximá-los, havia o sentimento de que os caminhos tradicionais da transformação social estavam bloqueados, de que as velhas estratégias já não tinham o que oferecer. (...) Festiva ou desesperadamente, apontava-se para a falência de fórmulas canonizadas."[10]

Mas a distância entre contracultura e terrorismo era imensa. "Para falar em termos semicaricaturais, o desbundado não estava preocupado em mudar o regime político, mas em ficar na dele, em paz, queimando seu charo e ouvindo Rolling Stones. Antes que alterar o sistema de poder, ele pretendia, pela transformação interior e da conduta cotidiana, 'mudar a vida', quem sabe construindo-se como novo ser de uma Nova Era, espécie de amostra grátis do Futuro."[11] Acreditavam que "revolução" não era a crença à qual você aderira, a "organização" a que pertencia ou o partido em que votava, mas sim o que você fazia durante o dia – o seu modo de viver.

"Enquanto o jovem terrorista se submetia aos rigores de uma disciplina bélica, a fim de arrombar a porta, saltando com os dois pés no peito do porteiro, o desbundado dava as costas ao 'sistema', mais interessado que estava na "rasga-garganta" ébria de Janis Joplin, na Revolução Sexual, em cintilações canábico-lisérgicas nas praias azuis de Búzios ou Arembepe. (...) Era a distância entre a metralhadora e o LSD, 'pedra filosofal' do contraculturalismo."[12]

A contracultura pregou o "retorno à natureza", erguendo valores de contemplação e de harmonia. "Era como se os jovens do mundo ocidental, especialmente os hippies, estivessem redescobrindo o milagre diário da natureza. Celebrava-se, na verdade, o mito da pureza do ser humano em contato com o mundo natural."[13]

OS HIPPIES NO BRASIL

Em 1969, começaram a surgir referências na imprensa sobre a existência de um movimento hippie no Brasil. A revista *Veja* de 12 de novembro, por exemplo, publicou matéria a respeito de uma concentração hippie na Bahia, apontando ainda que esses movimentos já eram alvo da repressão policial:[14]

"Eles brotaram de todos os lados, em grupos ou solitários, caminhando no acostamento das estradas ou pedindo carona aos viajantes mais simpáticos. (...) Sua meta final: a cidade de Salvador. O motivo: uma concentração hippie na capital baiana. Mas quase nada deu certo. Em primeiro lugar, o delegado de Jogos e Costumes ameaçou prender todos eles por vagabundagem. Alguns hippies acreditavam que sua grande festa seria em novembro. No entanto, os mais bem informados juravam que a concentração não ia sair antes de janeiro. Outros diziam que a reunião de mais de duzentos deles era apenas coincidência. E a mobilização enfraqueceu. Sem falar nos que nem chegaram à Bahia. Foi o caso de Beatriz, 18 anos, e Marlene, 19 anos, duas gaúchas que acabaram presas em Curitiba: tiveram azar de pedir comida a um delegado."

Na edição do *Pasquim* de 8 de janeiro de 1970, Luiz Carlos Maciel publicou o "Manifesto Hippie". Desse manifesto fazia parte uma lista com duas colunas. Uma delas expressava os limites aos quais a "velha razão" teria chegado, e a outra apresentando a "nova sensibilidade", capaz de ultrapassar esses limites:[15]

> Seguinte: o futuro já começou. Não se pode julgá-lo com as leis do passado. A nova cultura é o começo da nova civilização. E a nova sensibilidade é o começo da nova cultura (...) Você curtiu essa? Há muito ainda a curtir. Não se deixe perder pelos demônios da velha razão. Ela ainda não conhece o poder dos sentidos da mesma maneira que, durante séculos, insistiu em ignorar o poder dos instintos. Não se deixe perder. Fique na sua (...) Fique na sua. Compare as duas listas desta página. A segunda é uma resposta à primeira, item por item. O limite da velha razão engendra a nova sensibilidade.
>
> Angústia .... Paz
> Uísque .... Maconha
> Neurose compulsiva .... Esquizofrenia
> Amor livre .... Amor tribal

Agressivo	Tranqüilo
Papo	Som e cor
Ateu	Místico
Sombrio	Alegre
Brasil	Ipanema e Bahia
Panfleto	Flor
Na dos outros	Na sua
Comunicação	Subjetividade
Psicanalisado	Ligado
Bar	Praia
Herbert Marcuse	Wilhelm Reich
Política	Prazer
Bossa-nova	Rock
Pílula e aborto	Filho natural
Ego	Sexo
Discurso	Curtição
Oposição	Marginalização
Família e amigos	Tribo
Segurança	Aventura

A partir de 1970, proliferaram publicações underground vinculadas à contracultura, como *Flor do Mal*, *Presença*, *Rolling Stone* (edição brasileira), e também as feiras de arte hippies ou eventos como o Festival de Arembepe, realizado na Bahia, em 1971. A configuração, no início dos anos 70, da contracultura como um movimento social perseguido pela repressão policial e militar fica evidenciada pela matéria "Hippies sem Paz", publicada por *Veja* em 4 de março de 1970:[16]

O amor esconde o proxenetismo, a paz é um slogan da subversão e a flor tem o aroma dos entorpecentes. Ao decifrar dessa forma símbolos hippies, a Polícia Federal ordenou a todos os estados uma campanha rigorosa contra os jovens de colar no pescoço e cabelos compridos. Na semana passada, perto de duzentos deles foram presos na Feira de Arte de Ipanema, no Rio, e 12 foram expulsos de sua minifeira, na Praça da Alfândega, em Porto Alegre, onde vendiam pinturas. Cento e vinte estão presos em Salvador e mais alguns foram para a cadeia em Recife, onde serão investigados um a um.

A psicanalista Maria Rita Kehl faz um balanço do que viveu na época: "Fomos a última geração do famoso conflito de gerações, que começou no pós-guerra e terminou no fim da década de 1980. A última geração que teve de enfrentar um abismo de projetos e referências ideológicas e estéticas em relação aos próprios pais. Jovens de classe média que dispensavam o conforto da casa paterna para viver sem carro, freqüentemente sem telefone, sem televisão – esse era um ponto de honra para nós – e muitas vezes sem mesada. (...) Havia um certo heroísmo e uma certa ingenuidade em acreditar que poderíamos virar a vida do avesso, superar todos os nossos hábitos, toda a cultura em que tínhamos sido criados."[17]

O economista Armando Ferreira de Almeida Jr., que escreveu um ensaio sobre o tema, diz: "Estávamos naquele momento lançando o homem à Lua e tornando realidade, com os Beatles cantando All You Need Is Love, a primeira transmissão via satélite para o planeta. (...) Naquele momento o mundo se espantava em ser os Beatles mais conhecidos que Jesus Cristo."[18]

Se a revolução comunista caiu junto com o muro de Berlim, em 1989, os hippies ou seus descendentes podem afirmar que foram vitoriosos, isso porque foi um movimento estético antes de tudo, e o mundo incorporou essa estética. O cinema, a moda e a música, sobretudo, absorveram esse legado vorazmente.

O DAY AFTER DA CONTRACULTURA

Há muito preconceito quando se fala da contracultura. O clichê "sexo, drogas e rock and roll" impede que se aprofunde seu significado. "Parece indiscutível que são heranças da contracultura, na maneira em que estão hoje organizados, os movimentos de luta pela igualdade de direitos para as mulheres e em defesa dos homossexuais. Assim como os movimentos anti-racistas e pela legalização das drogas. São também filhos da contracultura os movimentos pacifistas e as coloridas e "performáticas" passeatas contra a guerra e pelo equilíbrio ecológico. Em suma, as questões atuais, os chamados movimentos de minorias (que em realidades são de imensas maiorias éticas), tomaram corpo e universalidade a partir da contracultura. A lista é muito extensa. O raio de abrangência é tão grande, que não estaria me arriscando em afirmar que a contracultura mudou a cara do mundo ocidental. Ela promoveu uma nova visão de mundo."[19]

Sem dúvida, novos valores foram cultivados na cabeça das pessoas graças àqueles jovens dos anos 60 e 70. A geração que acreditou ser capaz de parar uma guerra e mudar o mundo deixou uma semente que se espalhou e refletiu por toda parte, fazendo com que o mundo nunca mais fosse o mesmo. Essas mudanças marcaram o século XX e, embora incompletas, abriram caminho para uma libertação mais ampla e saudável nas primeiras décadas do século XXI.

NOTAS

1. Risério, Antônio, in *Anos 70: Trajetórias*, Iluminuras, 2006, p. 26.
2. Maciel, Luiz Carlos, Comunicação pessoal à autora.
3. Almeida, Armando Ferreira, artigo *A contracultura ontem e hoje*, apresentado em um ciclo de debates sobre o assunto, realizado em Salvador-BA, no mês de abril de 1996.
4. Maciel, Luiz Carlos, *Anos 60*, L&PM, 1987, p. 93.
5. Ibidem, p. 94.
6. Almeida, Armando Ferreira, *op.cit.*
7. Ibidem.
8. Texto retirado da página da internet www.minerva.ufpel.edu.br/~castro/inicio.htm.
9. Almeida Armando Ferreira, *op.cit.*
10. Risério, Antônio, in *Anos 70: Trajetórias*, Iluminuras, 2006, p. 25.
11. Idem.
12. Ibidem, p. 26.
13. Idem.
14. Coelho, Cláudio Novaes Pinto, in *Anos 70: Trajetórias*, Iluminuras, 2006, p. 40.
15. Ibidem, p. 41.
16. Idem.
17. Kehl, Maria Rita, in *Anos 70: Trajetórias*, Iluminuras, 2006, p. 34.
18. Almeida, Armando Ferreira, *op.cit.*
19. Idem.

AO OCEANO, JUNTOS

Mara se acostumara com a paisagem ao abrir a janela. A linha do horizonte, o mar, o céu carregado de nuvens ou de um sólido azul. O oceano crespo ou tranqüilo. As palmeiras em torno da casa balançando com o vento sul ou imóveis como numa pintura. A areia era sempre a mesma, menos durante uma tempestade, quando ela via pequenos redemoinhos percorrendo a praia. Mara escreve poesias e por isso observa pormenores que passam despercebidos à maioria de nós. Ela exercitava seu olhar de manhã, abrindo a janela e dando dois passos para trás. O quadrado de madeira se abre para a paisagem como se alguém a houvesse pintado. Umas poucas vezes, um barco alterava a cena. Um veleiro próximo ou um grande navio distante. Rick flagra sua observação acurada algumas vezes, mas não interfere na cerimônia solitária de sua mulher. Preparava o café e aguardava na mesa posta sob o abacateiro até que Mara retornasse à convivência.

A casa era muito simples, quase tosca, mas continha o que os dois buscavam: isolamento, beleza e proximidade do oceano. Rick, nascido na Califórnia, se especializara em fotografia submarina. Investigara, com seu olhar reprodutor de imagens, praias do Havaí, da costa do México, das Antilhas, da Terra do Fogo, da Ilha da Páscoa, de Fernando de Noronha e dos Açores. Mara o conheceu na casa de uma amiga no Rio de Janeiro, quando ele se preparava para visitar Paraty pela primeira vez. Aos 26 anos ela queria apenas olhar o mundo e descrevê-lo em poesia. Havia algo em comum entre eles: olhar as coisas, como imagens ou palavras. Ele a convidou a ir a Paraty, e lá se apaixonaram. Rick, aos 30 anos, era de beleza desconcertante, dourado, suas pupilas, assim como o mar, variavam do azul ao verde. Mara, se não era de esplendor tão gritante, prendia a atenção pela força dos traços e o apelo sensual da boca. Era impossível não notar sua percepção aguda ao pousar os olhos sobre ela. Ao fim de uma semana de convivência estavam apaixonados e concluíram que a melhor coisa a fazer era alugar uma casa na praia. Rick fotografaria o oceano, Mara descreveria suas emoções diante da natureza espessa de Paraty.

Ao abrir a janela todas as manhãs e olhar o mar, Mara meditava sobre como descrever alguma coisa tão grande de forma igualmente vasta. Lera muitos poemas sobre o oceano, de Homero a Fernando Pessoa, e sua desmedida pretensão era descrever a massa líquida da forma mais simples e bela possível.

Mar a vazar meu coração
Agonia de exaurir em verso
Origem e imensidão

    A angústia de encontrar semelhanças com leituras de grandes mestres a fazia triste, mas de uma tristeza doce. Como ela, Rick extraía do mar sua existência, mas de maneira mais concreta. Fotografava formas sob a superfície, imagens que uma editora de Nova York lhe pagava regiamente para produzir. Esses dois jovens apaixonados cada um por sua atividade se encantaram um pelo outro e ambos perceberam a presença dia a dia mais forte do amor. Sem susto, se entregaram.

    A gula erótica das primeiras semanas foi se fazendo tranqüila rotina de afagos e abraços até o sono, muitas vezes sem sexo. Talvez a paz excessiva do envoltório natural da praia e o ruído do mar tenham sido responsáveis por essa quase letargia amorosa. Não se preocupavam com isso. Construíam uma intimidade sólida com poucos elementos. Um pouco sabia do outro. Apenas o acaso incluía um tema em suas conversas. O passado de ambos era quase ignorado. Rick contou da família na Califórnia ao cruzarem com algumas reses na estradinha que levava à cidade. Seu pai era estancieiro. Fora criado numa fazenda, tão longe do ambiente que mais tarde o encantaria, o mar. O rapaz tinha uma irmã apenas e sua mãe perecera vítima de um câncer. Seu olhar afundou num lodo de tristeza quando falou dela. Mara era igualmente escassa com as palavras, seu material de trabalho, e as acalentava como crianças raras.

Rick soube que ela vivera com a mãe até conhecê-lo. O pai desaparecera na Europa e ela não tinha notícias dele há muitos anos. Mara era filha da geração 70. Um certo clima new age dominava sua origem e a mãe usava vestidos compridos e brincos de artesanato indiano. Uma vez a cada semana elas se falavam, quando Mara ligava de um telefone público da praça.

O casal se tornou conhecido em Paraty. Circulavam em duas velhas bicicletas adquiridas numa mecânica e bebiam cerveja no botequim até cair a tarde, quando então voltavam para seu refúgio na praia. Rick ainda não aprendera português inteiramente e falava utilizando termos em espanhol e francês. Mara pacientemente ensinava novas palavras a seu amado, utilizando trechos de poemas de grandes autores brasileiros e portugueses. O processo de conversa entre duas pessoas de origem lingüística diversa é lento e penoso, e talvez por isso falassem pouco e somente sobre o essencial. Sobre seus antigos amores, por exemplo, quase nada diziam. Mara contou um dia que se apaixonara por um homem bem mais velho, amante de sua mãe. Ele se chamava Artur e era culto. Arrebatou a menina num fim de tarde, depois que Diva, sua mãe, adormecera embalada pelo vinho. Artur fora o primeiro homem de Mara. Sem traumas a possuíra devagar enquanto dizia em seu ouvido versos de Guillaume de Poictiers que ela jamais esqueceu:

> Conheço bem senso e loucura,
> Conheço honra e desventura,
> Já senti pavor e bravura;

> Mas se propõem jogo de amor
> Não fico atrás
> Escolho sempre o que é melhor
> Do que me apraz.

Assim como seu pai e outros amores de sua mãe, Artur também partiu levando seu cão pastor. Apenas acariciou com sua mão fina o rosto da moça que a ele se entregara, e sorriu. Mara quis dizer: vou com você, me leve, mas não disse nada.

Rick não falou sobre seu primeiro amor, mas contou que se apaixonara muitas vezes por jovens de vários países. Era sincero quando dizia que não tinha a menor idéia de até quando tudo aquilo iria durar, mas estava adorando aquele encontro. Tudo que tinham cabia em duas mochilas, que repousavam num canto do quarto. Rick possuía um traje de mergulho completo e uma câmera adaptada para fotografia submarina. Seu material era arquivado num computador portátil e, de tempos em tempos, ele enviava as imagens para a editora pela Web. Ele tinha também um arpão que servia para pescar quase tudo o que ingeriam. Todo dia, com seus pés de pato, ele caminhava mar adentro até desaparecer e voltava de lá com as refeições espetadas. Eram linguados, chernes e outros pescados que Mara preparava em panelas de barro com legumes e verduras. Vestiam-se de forma sumária, e Mara alternava o uso de dois biquínis ou um jeans e camiseta, que usava quando iam até a cidade. Dormiam nus, abraçados, e como foi dito, já tinham sido mais vorazes pelo corpo do outro. Mara gostava de olhar o namorado dormir, seu ressonar tranqüilo. Queria escrever um poema que revelasse a sólida confiança que o corpo do amante a fazia sentir. O que aconteceria amanhã? E se Rick partisse? Vivera em tantos lugares... Conhecera muitas jovens como ela? Isso não a incomodava. O corpo dele a tranqüilizava como um porto seguro.

Enquanto Rick fotografava seres subaquáticos, Mara escrevia poemas que pensava reunir em um livro. Talvez a obra se chamasse *Janela*. Era dali, daquela abertura simples, que ela engendrava suas composições, sempre utilizando dois elementos: um casal e o mar. Embora ela e o amante fossem elementos fundamentais de seu trabalho, e ele lhe transmitisse muita confiança, Mara lutava contra a idéia de um amor duradouro. Tomava todo o cuidado com o controle de natalidade porque não se imaginava mãe e nem lhe parecia que o jovem amante gostasse da idéia. Ao fim da jornada de trabalho, quando Rick voltava dos mergulhos, durante os belíssimos fins de tarde, ao último movimento iluminado da terra, ela lia para ele seus eventuais poemas. Rick nem sempre conseguia apreender os significados numa língua tão estranha para um anglo-saxão como o português. As expressões sérias de seu rosto mostravam que ele se esforçava.

Quando completaram um ano de residência na praia – era uma bela noite de lua cheia – beberam vinho e saborearam lagostas que um pescador oferecera a um bom preço. Rick tentava dizer alguma coisa que não conseguia formular. Mara pôde perceber que o rapaz tinha algo importante a falar. Incentivou-o, e, por fim, ele confessou que a amava muito e além dos limites que conhecera com outras pessoas. O que isso significava? Além do fato em si, Mara quis saber. Rick explicou que seu trabalho ali estava quase acabado, que buscaria novos pontos de litoral onde fotografar e que a queria ao seu lado. Haviam bebido um bom vinho e Mara ofereceu sua boca rubra temperada pela bebida e Rick lambeu seus lábios. Estavam sentados na praia sobre uma toalha, como num piquenique. Ela se despiu e ofereceu seu corpo ao rapaz, como se aprovasse o futuro em comum num ato sensual. Ele a possuiu devagar e profundamente, e ela o possuiu com voracidade apaixonada.

Ao acordar na manhã seguinte, como sempre fazia, Mara se pôs em frente à janela com o bloco e a lapiseira. A paisagem de sempre estava lá, o céu encoberto e um elemento novo: ancorado a poucos metros da praia balançava leve um veleiro pequeno. Era a primeira vez que a moça via um barco tão próximo. Ela pôde ler em sua proa: *Ambivalence*. O vento sul agitava o mar, que desenrolava ondas pequenas na areia. Ninguém era visível a bordo e as velas estavam recolhidas. Mara teve o impulso de mostrar a novidade a Rick, que ainda dormia, mas preferiu extrair dali algum verso.

> Há o mar revolto
> Alguém que não se espera
> Um barco que retorna
> Altera o quadro da janela

Achou que faltava algo, mas não sabia o quê. Fechou a ventana e foi preparar um café, como se esperasse que, ao abri-la novamente, o barco tivesse desaparecido.

Ao acordar, Rick estranhou o fato de Mara estar dentro da casa no desjejum. Era costume tomarem café na mesa sob o abacateiro. Mas ela informou que o tempo estava ameaçador e o vento sul começara a soprar. Ela ia falar do barco, mas, antes que o fizesse, seu amado abriu a janela.

Táqui.

Aquele único nome em sua boca e o lento voltar-se fizeram Mara perceber que Rick conhecia a embarcação. Seu amado informou: o amigo viera visitá-los, como prometera em e-mail. O rapaz saiu porta afora, correndo. Mara o seguiu. O vento levantava o cabelo de ambos, e quando ele gritava o estranho nome na praia, sua voz também parecia perturbada pela tempestade que se anunciava. Alguns segundos depois um homem negro surgiu a bordo. Sua boca era tão larga e os dentes tão brancos que puderam ver seu sorriso iluminado mesmo a distância. Rick balançava os braços e pedia que o visitante chegasse à terra. Ele procedeu com movimentos precisos ao desembarque, utilizando um bote de borracha. Quando se aproximava da praia, Mara pode vê-lo melhor. Era um homem de uns quarenta anos, sólido, largo, mas de traços suaves e movimentos gentis. Usava apenas um calção de nylon sobre o corpo. Rick e ele cerraram um longo abraço na areia. Eram amigos do mar. Mara lembrou que seu amado lhe falara de Táqui. Ela estendeu a mão, mas ele a puxou para si, sem que esse gesto fosse agressivo. Abraçou-a com igual intensidade e disse seu nome: Eustáquio.

Enquanto conversavam dentro de casa, a tempestade caiu forte. O ruído da água tecia uma cortina sonora ao fundo. A chuva fez a temperatura cair e Rick apanhou uma garrafa de cachaça da região para esquentarem os corpos. Táqui contou que descia a costa brasileira há dois anos, mas queria parar, realizar alguma coisa. Rick falou do que conseguiu fotografar e de sua esperança em flagrar uma espécie nova, como acontecera em Fernando de Noronha. Apresentou Mara como grande poeta brasileira, informação que ela contestou, mas assentiu em ler alguns escritos em voz alta para os dois. A poesia, a cachaça e o lento declínio da tempestade tropical uniram os três numa agradável aliança, como se fossem amigos de longa data.

Táqui era um cozinheiro talentoso e um pescador excelente. Suas moquecas passaram a fazer parte do cardápio. Eram servidas no meio da tarde acompanhadas de vinho e caipirinha. Eram comidas na mesa sob o abacateiro ou no barco, em pontos do litoral próximo alcançados em poucos minutos. O *Ambivalence* era veleiro de 20 pés, pequeno para os padrões mais ambiciosos, mas perfeito para três pessoas. Oferecia um ambiente comum fechado e mais duas cabines com camas. Possuía vela e motor, possibilitando muita economia quando o vento era favorável. Era impossível não gostar de Táqui. Além de suas qualidades práticas na gastronomia e na navegação, era pessoa sensível e razoavelmente culta. Mara observou obras de Hemingway e Lúcio Cardoso na estante dele. O certo é que a presença de Táqui alterou a vida do casal.

As expedições de Rick aos locais de águas mais profundas passaram a ser feitas no barco de Táqui, aposentando a precária canoa com motor de popa que era alugada para esse fim. Os horários de retorno do amante de Mara se tornaram bem mais flexíveis. Os amigos muitas vezes entravam a noite bebendo em alguma birosca do litoral próximo. Ela era chamada a vir com eles, mas insistia em manter seu horário de trabalho poético em frente à janela inspiradora. O projeto da moça era esgotar as possibilidades de falar sobre a limitação da abertura na parede e a amplitude do mar. Mara, que tendia a ver sempre o lado positivo das coisas, sentia saudades dos tempos em que o casal estava mais próximo o tempo todo, mas tentava extrair dessa nova realidade uma visão diferenciada do relacionamento. Será que ela queria mesmo partir com Rick?

Tudo começou a mudar de forma radical num sábado, depois de um jantar especialmente saboroso, quando Táqui preparou vatapá, iguaria de sua terra natal. Beberam bastante e cantaram juntos diante do mar iluminado pela lua. A brisa, a boa comida e o som do mar batendo na areia deram àqueles momentos uma moldura paradisíaca. Em torno da meia-noite, Rick buscou a rede entre duas palmeiras e adormeceu profundamente. Os dois novos amigos permaneceram falando coisas a esmo sobre tudo que lhes vinha à cabeça, sentados em cadeiras de palha a pouca distância do mar. Ao retornar com cerveja, Táqui pousou suas mãos sobre os ombros de Mara de forma tão determinada que a moça não reagiu. Ele inclinou a cabeça e o hálito forte anunciou o beijo. A língua, suave e áspera, explorou o lóbulo e a face de Mara, até que os lábios se encontraram. Sem forças para protestar, ela gemeu, desvanecendo-se aos toques do homem. Só encontrou forças para reagir quando ele desceu seus dedos sobre o colo. Um não esfarrapado interrompeu as carícias. Ele se afastou, estendeu a garrafa e sorriu, sem dizer nada. Mara bebeu alguns goles no gargalo e foi acordar seu namorado. Era temerário dormir ao relento, exposto às chuvas rápidas que desabavam na madrugada.

A investida de Táqui alterou a percepção de Mara sobre ele e a fez pensar como encarava a questão sexual com outros homens. Evitou comentar com o companheiro, mas o fato não lhe saiu da cabeça. O que Rick diria se soubesse do que ocorreu? Mara mudou sua forma de tratar o amigo de seu namorado, mas ele pareceu não se importar com isso, nem sequer deu sinal de estar preocupado com o que ela poderia estar ruminando. Ela passou a evitar a companhia de Táqui sem a presença do companheiro, mas tinha a impressão de que apenas ela se preocupava com a questão.

Menos de uma semana após o assédio de Táqui, a moça soube que entregariam a casa e viajariam no barco do amigo de Rick para novos pontos do litoral. Mara resolveu abrir seu coração com o namorado e contou seu constrangimento com o que ocorrera. Ele apenas sorriu e perguntou se ela não se sentia atraída por Táqui. Sem resposta, e temendo alimentar uma imagem de tola e retrógrada, Mara encerrou a conversa aborrecida com a posição do namorado. A lembrança do amante de sua mãe ainda oprimia sua imaginação e sentiu como se estivesse sendo novamente usada. Mas, intimamente, não conseguia deixar de admitir que Táqui lhe inspirara desejo. A noite seguinte trouxe a Mara um sonho cheio de insinuações. Viu-se, entre o namorado e o amigo, caminhando numa floresta úmida. O verde abundante do cenário onírico era, simultaneamente, o mar. Os três caminhavam no fundo do oceano e seus corpos eram lambidos por ondas de prazer profundo. Acordou encharcada por um orgasmo intenso.

Em frente à janela, na manhã do sonho, pensou que logo abandonaria seu ponto de vista poético. Lá estava o barco ancorado e nele o homem por quem dividia o amor que sentia por seu amante. Rick, de certa forma, incentivara um encontro amoroso entre ela e Táqui. Estaria na mão de dois dissolutos que a transformariam numa mera opção de prazer? Seu jovem coração se angustiava entre alternativas. Voltar para o Rio e pedir abrigo à mãe não parecia solução. Resolveu que deixaria o tempo decidir seu destino.

A manhã de segunda-feira foi escolhida como data da partida. Um jantar de despedida foi marcado para o sábado. Táqui se esmerou em iguarias baianas, e o pescador, proprietário da casa, compareceu com a família. A festa se estendeu até a madrugada, quando Mara, exausta, adormeceu. O vento batendo na veneziana acordou a moça pouco antes do amanhecer. Rick não estava a seu lado. Caminhou feito zumbi pela casa e abriu a porta. Os restos do banquete voavam sobre a mesa e o barco balançava, iluminado, ao sabor das ondas. Ela caminhou até a água encharcar seus pés e sua saia. Ouviu a voz melodiosa de Billie Holliday escapando das entranhas do veleiro. Empurrou a canoa para o mar num impulso inexplicável. Avançou remando contra as ondas adversas. Subiu ao convés pela escadinha da popa. O vento balançava tudo quando abriu a escotilha e se protegeu. Na saleta, uma garrafa de vinho rolava sobre o sofá. Mara abriu a segunda escotilha. Os homens estavam lá, nus, abraçados e adormecidos. O contraste da pele alva do namorado e a pele negra de Táqui formava um quadro de inegável beleza. Quis gritar. Reprimiu-se. Rajadas de suposições contraditórias a paralisavam. Deu as costas para a cena e voltou para casa.

A jovem poeta esperou o retorno de seu companheiro. A distância a percorrer era de poucas dezenas de metros compostos de mar e terra, mas um abismo se abrira e impunha que falassem desses amores variados. Mara nada tinha contra relações entre o mesmo sexo, mas sua vida em comum estava em jogo. Até o meio-dia, quando Rick entrou em casa, ela montou e desmontou inúmeras possibilidades para tentar explicar o que estava acontecendo. Sim, *my sweet lover*, admitiu seu companheiro, seriamente, mas isso não tem nada a ver conosco, completou misturando os vocábulos em três idiomas. Segundo explicou, ele e Táqui se conheceram em Fernando de Noronha, onde o rapaz estava com Lenny, outro namorado americano e dono do *Ambivalence*. Tudo acontecera há três anos, pouco antes da morte do antigo companheiro de Táqui. O barco foi herança dele, após sucumbir à cirrose hepática provocada, em boa parte, pelo consumo excessivo de caipirinha. Era amor a três, disse Rick, enquanto embalava o equipamento. Tornaram-se amantes em Fernando de Noronha e depois permaneceram juntos na casa de Lenny, no Guarujá. O intervalo de silêncio permitiu que Mara perguntasse por que não permaneceram próximos após a morte dele. Rick calou-se.

Quando Táqui chegou para o jantar, na última noite em que estariam na casa, um clima pesado dominava o ambiente. Rick chamou o amigo para uma conversa reservada, e eles desapareceram entre as palmeiras. Ao retornarem, meia hora depois, os três sentaram sob o abacateiro. Os dois homens não sabiam como iniciar a conversa. O soluço de Mara os emudeceu. Ela tentava conter a emoção, mas as lágrimas rolavam. Táqui pediu licença para apanhar alguma coisa no barco, então Rick colocou o braço sobre os ombros da companheira. Uma chuva fina começou a cair, e eles entraram na casa. Rick tentava dizer que o amigo não queria de modo algum se interpor entre eles, era só para conversarem, tentar um acordo. O ruído da água caindo abafou o ronco suave do *Ambivalence*. Mara notou o barco se afastando na moldura de sua janela poética. Gritou por Táqui, e Rick saiu correndo pela praia. A canoa de que ele fazia uso fora devolvida. O rapaz gritava o nome do amante com a água batendo em suas pernas. A chuva escorria nos cabelos de Mara ao seu lado. O veleiro fez a curva na embocadura da baía e desapareceu.

A fuga de Táqui dilacerou a relação do casal. Era como a felicidade escapando por uma porta que havia sido esquecida aberta. O visitante impusera sua presença doce, seu encanto de amigo e amante de Rick. Mara sentia-se culpada e seu namorado sofria a dor da separação. Passaram a noite abraçados. Sem falar, apenas abraçados, esperando que alguma coisa acontecesse, mas apenas amanheceu. Mara acordou antes e abriu a janela. O céu estava limpo, azul, gaivotas sobrevoavam a praia. Ela ficou pensando no que faria. Pensou em também ir embora. Deixar que Rick seguisse em busca de Táqui. Mas achou que ela o amava também. Arrependia-se de não haver cedido a Táqui quando ele a quis. Arrumou suas coisas. Deveriam partir.

Em torno do meio-dia chegaram a Paraty com suas mochilas. Era preciso encontrar uma condução. Para onde iriam? Entregaram as bicicletas na oficina, e Mara perguntou para o rapaz sobre o barco atracado em frente, uma traineira pequena e velha. Rick percebeu as intenções de Mara e a apoiou. Alugaram o barco junto com o piloto para navegarem o dia todo no litoral dali até Angra. Se não encontrassem Táqui, embarcariam para o Rio de Janeiro de ônibus. Acertaram o preço e se lançaram ao mar. Cada enseada foi visitada em busca do *Ambivalence*. Algum veleiro semelhante enchia de alegria os dois, mas logo se revelava outra embarcação. A frustração foi tomando conta do dia até que, ao cair da tarde, desembarcaram em Angra e foram para a rodoviária. Estavam calados, como se lhes faltasse alguma coisa muito importante.

O ônibus arrancou quando a noite se iniciava, contornando o litoral, sempre com o mar à vista. Rick cochilava, quando então Mara viu o veleiro ancorado. Sacudiu o namorado e, aos gritos, fizeram o ônibus parar. Sob os protestos do motorista, abriram o bagageiro e desceram com suas mochilas na estrada. O barco estava além da montanha, bastante longe deles, mas era sem dúvida o *Ambivalence*. Os dois caminharam na noite escura, descendo barrancos inóspitos até a beira-mar, uma contenção de pedras. Ainda assim o veleiro era uma imagem distante. Gritaram e acenaram, inutilmente.

O breu era total e o isolamento também. Não havia uma única casa próxima. A voz de Rick gritando pelo nome do amigo era um apelo sem eco. Ele se abaixou e mergulhou a mão na água, despiu a calça e a camisa. Mara percebeu sua intenção, mas resolveu deixar a decisão com o namorado. Rick foi entrando, se apoiando nas pedras que afloravam, até que mergulhou inteiramente, e logo surgiu adiante evoluindo em braçadas vigorosas.

Naquela mesma noite se reuniram em torno de uma garrafa de scotch e tentaram falar francamente sobre os elos que os uniam. Táqui se declarou apaixonado por Rick, mas fez a ressalva de que era bissexual. Rick endossou a paixão que unia ambos, mas reafirmou seu amor por Mara. A moça confessou seu amor por Rick e a enorme simpatia que Táqui lhe inspirava. Táqui observou que aquela conversa havia se tornado uma grande *rasgação de seda*. Então aconteceu o lance decisivo. Rick chamou Táqui a uma das cabines para uma conversa particular. Mara suspirou, mas não se opôs. Os homens ficaram alguns minutos juntos e Táqui voltou só. Sentou ao lado de Mara e disse com voz sussurrada que Rick estava pregado e havia se recolhido. Sua mão forte agarrou a nuca da moça, carinhosamente, depois aproximou a sua boca mostrando a ponta rubra da língua. Ela correspondeu ao gesto e houve o primeiro beijo, o marco inicial, a partida. Ele a ergueu em seus braços e foram para a segunda cabine. O triângulo estava fechado.

Os dias seguintes foram de navegação rumo ao sul. Percorreram as praias do litoral de São Paulo: Guarujá, Ilhabela, Santos, e depois, no litoral de Paranaguá, ancoraram na ilha do Mel. Mara estava apaixonada pelos dois homens e se revezava entre as cabines de um e outro. A presença de Táqui reavivou o entusiasmo erótico de Rick pela namorada e não havia noite em que ela não fosse solicitada por um deles. A poesia de Mara refletia esse estado de coisas tão excepcional.

>Dar-se
>Dar-te
>Dar-me
>
>Inteira
>Ao meio
>Aos pedaços
>
>Dou-lhe uma
>Dou-lhe duas
>Dou-lhe três
>
>Parte, partida, bola da vez

Vinte e oito dias após Mara experimentar sexo com Táqui, quando se considerava sua amante, num fim de tarde em que ela voltava da terra, onde fora buscar mantimentos, a moça viu a porta da cabine fechada e ouviu murmúrios. Mais propriamente, gemidos de alguém extasiado de prazer. Ela reconheceu o registro vocal de Rick. Sem essa intenção, associou ao dela quando recebia carinhos do novo amante. Aproximou o ouvido da porta e concluiu que um de seus namorados era penetrado pelo outro. Um estranho sentimento de duplo ciúme tomou conta de Mara. Reprimiu seu desejo de abrir a porta e constatar o que de fato acontecia. Desfez os pacotes de compras e iniciou a preparação do jantar sem se preocupar em abafar ruídos. O tempo passou lentamente para ela. Atenta, pôde ouvir os gemidos característicos também na voz de seu outro amante. A noite caiu antes de os dois saírem da cabine.

Sentados à mesa, comendo, falando, rindo, assemelhavam-se a uma família feliz, mas Mara sofria de ciúmes. Ambos lhe causavam esse estranho sentimento de usurpação, de perda, de exclusão. Ela estava consciente todo o tempo de que eles se amavam e mantinham relações, mas ouvi-los se amando foi um poderoso soco contra sua auto-estima. Era como se ela não lhes bastasse. Táqui perguntou se ela dormiria com ele naquela noite. Sem esconder sua contrariedade, Mara disse que ficaria só, porque, afinal, eles deviam estar satisfeitos. Táqui sorriu. "O amor a três é diferente, querida, é preciso dividir, é outra forma de amar", ele disse. Rick agarrou a mão dela sobre a mesa. Táqui fez o mesmo com a outra. Ficaram de mãos dadas. Naquela noite dormiram juntos, abraçados na mesma cama, corpos nus embolados, mas sem sexo, porque os rapazes haviam se divertido a tarde toda.

A integração entre os amantes foi lenta, mas causou grande alegria a todos. Na segunda noite, Rick assistiu ao sexo de seus amigos e tentou se aproximar de Mara. Ela estava exausta e, gentilmente, o rechaçou. A noite seguinte foi de Rick, e Táqui assistiu, não sem acariciar o dorso de um e outro e beijar, ora a boca de um, ora a de outro. A quarta noite foi decisiva. Mara foi de ambos e desmaiou, exaurida, quando amanhecia. Dormiu durante todo o dia. Quando foram juntos para a cama, pouco depois da meia-noite, após dividirem uma garrafa de vinho, Mara sabia que devia estar preparada para assistir a seus amantes se amando entre si. A intimidade entre os três era bem grande, mas mesmo assim um arrepio percorreu a espinha da moça quando viu as bocas masculinas se aproximando. Logo, eles estavam engalfinhados num claro/escuro de peles que Mara admirou, lembrando quando os vira a primeira vez, no dia da tempestade. Lentamente seus amantes se interpenetravam usando todo o corpo em função do prazer. Mara apanhou um vidro de óleo mineral e começou a espalhar pelo corpo dos dois enquanto eles executavam a dança do amor. Alta madrugada, todos dormiram abraçados e integrados.

A experiência de viver com dois homens, amando ambos, revelou a Mara nova inspiração para sua poesia. Embora Rick e Táqui fossem amigos e amantes, eram muito diferentes como pessoas, suas formações culturais eram muito diversas. Táqui era um homem negro, da Bahia, que aprendera as lidas do mar e se fizera aventureiro. Rick era um sofisticado especialista em captação de imagens marítimas. A fusão de ambos revelaria o melhor de dois mundos?

> Tua face revela
> Sobre meu corpo
> Teu olhar vela
> Sobre minha boca

Tua boca sela
Beijo total

Tal qual sela sobre meu corpo
Como vela iluminando minha boca
Olhares
Faces
Bocas
Revelam

    Antes do verão subiram de novo até o Rio, onde, em Búzios, Táqui conhecia um serviço de manutenção. O barco seria posto num dique seco e inteiramente revisado. Os tripulantes buscaram uma pousada. Repousaram numa hospedaria colonial, ao lado da praia da Ferradura. Ficaram em dois quartos, lado a lado. Mara era tratada com gentilezas de namorada por ambos os homens e eles não escondiam isso. Maria, filha do dono da hospedaria, que atendia no balcão e ajudava em todo o serviço, encantou-se com a beleza de Rick. Era mulher bela, que poderia aspirar ao interesse da maioria dos homens. Mantinha as formas de morena forte com natação diária e ótima alimentação. Enquanto os dois homens foram para o mergulho, ela se aproximou de Mara querendo saber mais sobre as relações do grupo e indagou diretamente sobre quem era de quem. Ao ouvir que cada um era parte de um triângulo, desdenhou, mas de forma simpática, o que fez com que Mara contasse a aventura que vivia. Maria encantou-se com a história. Queria conhecer melhor os rapazes. A outra não viu inconveniente.

Ao jantar, na noite do mesmo dia, Mara contou sobre a moça. Mas Táqui havia notado a beleza de Maria, não Rick, por quem ela se encantara. O americano achou arriscado expor a situação a uma estranha, mas Táqui argumentou que as relações a três não feriam lei alguma. A opinião favorável de Mara deu ganho à tese do encontro. O barco voltaria a navegar no dia seguinte. Convidariam Maria para um almoço *al mare*.

O dia esplêndido e ventos propícios afastaram rapidamente o *Ambivalence* da costa. As velas desceram quando o litoral era apenas uma linha sobre o horizonte. Maria, encantada com Rick, recebia mais atenções de Táqui. Os grandes copos de batida de maracujá incendiavam a alegria natural de estarem vivos e disponíveis para o amor. Maria se desfez do top, exibindo os belos seios enquanto ria muito, admitindo que nunca fora tão feliz. Táqui exibia suas habilidades abrindo um cherne que, rapidamente, transformava em sashimis colocados em ordem simétrica sobre uma travessa. Rick se aproximou de Táqui por trás e abraçou o amigo deitando a cabeça sobre suas costas largas. Mara observou o espanto de Maria, que não percebera a totalidade que a triangulação alcançava. A sombra da estranheza desceu sobre seu rosto e ela mudou de atitude. Sem confessar sua decepção, cobriu-se, e conteve seu entusiasmo durante o resto do passeio.

Ancorados em Búzios, mantinham a estabilidade afetiva a que haviam chegado sem muitas palavras. O episódio de Maria demonstrou aos amantes o que talvez eles não tivessem racionalizado com clareza: eram exceção rara entre comportamentos amorosos. Maria entendera Mara como mulher de dois homens. O que lhe parecia apenas um exagero. Poderia repassar um deles para ela. Mas suportar homens que se amavam entre si era demais. Combinaram de só convidar alguém depois de conhecimento mais profundo daquele que se aproximasse.

Algumas semanas após o episódio de Maria, foi a vez de Táqui trazer uma estranha para o barco. Eles chegaram depois que Rick e Mara dormiram. O encontro foi no desjejum. Jandira, negra de corpo firme para os seus quarenta anos, sem ser bela, ostentava translúcida simpatia. Era fácil de perceber o encanto de Táqui pela antropóloga que conhecera na noite anterior. Reunidos em torno do café-da-manhã pareciam dois casais apaixonados. Mara foi apresentada como poeta e Jandira quis conhecer seu trabalho. O encontro evoluiu rapidamente para uma amizade natural. Os homens mergulharam em busca do almoço, e um quarto de hora depois havia peixes e polvos nos samburás. Táqui, como de costume, abriu em cortes precisos a arraia que trouxera. As mulheres expunham ao sol seus corpos nus. O grelhado exalava um aroma delicioso. Enquanto comiam, Jandira falou de sua tese de doutorado sobre as etnias migratórias na América colonial. Ela permanecia nua e colada a Táqui, coxa a coxa. Era mulher apaixonada. Ele correspondia aos seus carinhos e administrava o serviço virando o polvo no braseiro ou servindo o assado. Mara observou Rick repetir o mesmo gesto que afastara Maria: abraçou a cintura do amante e deitou a cabeça em suas espáduas largas. Jandira apenas sorriu. Mara ficou imaginando o que ela deduzia do afago revelador que presenciara.

O final de semana manteve os quatro no barco. Saíram para mar alto, e o amor de Táqui e Jandira consumiu horas do casal trancado na cabine. A noite de sábado iluminou o litoral distante como estrelas pontilhando o breu. Ao embalo das ondas, se entregaram às libações, esvaziando várias garrafas de vinho, acompanhado de camarões frescos apenas salteados no conhaque. Rick procurou a boca de Táqui num gesto tão súbito que o outro não teve como impedir, mas todos perceberam o constrangimento do baiano. Jandira adiantou-se, informou que percebera a sexualidade livre que ali se exercia e isso a encantava. Rick se ergueu e, com passos vacilantes, sentou ao lado da nova amiga. Ofereceu sua boca a ela. Jandira apenas tocou os lábios dele, mas isso não o satisfez, e Rick a agarrou pela nuca e a forçou a um beijo intenso. Ela correspondeu, abraçaram-se. Ele estendeu a mão entre as pernas da mulher, mas Jandira o conteve. Argumentou que tudo poderia ocorrer, mas devagar. Mara observou que ele bebera demais. Todos riram e Rick balbuciou algumas frases em alguma língua entre espanhol, inglês e português.

Ao desembarcarem na segunda-feira, Jandira já era amiga íntima e Táqui estava inteiramente apaixonado. Ela possuía casa na praia de Geribá e os quatro combinaram um programa em terra. A casa cheia de livros encantou Mara. O almoço preparado pela namorada de Táqui também foi um sucesso e, quando a tardinha caía, os casais se separaram. Rick e Mara voltaram para o barco. Sentiram, ao embarcar, a falta da terceira parte do triângulo. Jandira rompera a extraordinária formação que haviam constituído. Evitaram falar do assunto, mas os carinhos que se destinavam a iniciar alguma coisa pareciam ocos. Mara rompeu o silêncio. E se Táqui se unisse a Jandira? O que fariam?

A situação profissional de Táqui era precária. Havia um acerto com Rick que alugava o uso do veleiro e a mão-de-obra do amigo como embarcado. O custo era repassado para a editora. Táqui nunca tocava em dinheiro. Tudo era coberto pelo *American Express* de Rick. Ao retornar da casa de Jandira, alguns dias depois, Táqui chamou o amigo para uma conversa. Queria desfazer-se do barco. Oferecia a ele a compra a um preço amigável. Desejava unir-se à nova namorada. Rick argumentou que agora eles eram três, deveriam chamar Mara para a reunião. Ele concordou e o triângulo se pôs a discutir o caso. Depois de algum tempo, concluíram que nem Rick desejava adquirir o barco nem havia outra saída. Mas Mara foi quem decifrou a esfinge: o amor dos três era maravilhoso, mas gerava uma instabilidade emocional insuportável. Quem sabe a integração de Jandira ao grupo não os tornariam quatro amigos e amantes? Táqui perguntou se Mara a desejava e ela não soube responder. Ele ficou de falar com Jandira e lhe fazer a proposta.

Após duas semanas de consultas informais, Jandira pisou novamente no convés do *Ambivalence*. Era um sábado ensolarado e

Rick havia colocado champanhe no gelo. Táqui vestia seu boné de comandante e a proposta era descerem até o Rio de Janeiro para, oficialmente, a nova adepta entregar as chaves da casa de Búzios à irmã e passar a morar no barco. Uma euforia tomava conta de todos. Os beijos e abraços se multiplicavam e, depois do almoço e de muito champanhe, os casais se internaram em suas cabines, sedentos. Amanhecia quando Táqui içou as velas a favor dos ventos e a quilha branca arremeteu ao sul. Deslocavam-se rapidamente e antes do meio da tarde já estavam entrando na baía de Guanabara. Ancorados na marina do Iate Clube, sentaram novamente em torno do vinho. Mulheres esplêndidas, homens soberbos, mas havia no ar uma aposta apenas formulada. Rick quebrou a paz artificial que se esboçava em torno do tema convidando Jandira para repartir com ele a cabine. Simplesmente estendeu a mão e sorriu. Ela olhou os demais e todos também sorriram, então se ergueu e aceitou o abraço do americano. Ele a conduziu e fecharam a porta. Táqui propôs um brinde a Mara, e também se encerraram para o amor. Durante a tarde o tempo mudou e o mar agitado balançava o veleiro, mas os casais não saíram das cabines antes do início da noite.

Mara e Jandira desembarcaram para encontrar os familiares e os homens ficaram no barco. Trocaram impressões gerais sobre o novo acordo de forma educada e formal, embora Táqui se sentisse incomodado com a situação. O encontro com Jandira se apresentara como uma mudança em sua vida, outro tipo de estabilidade. O amor por Rick e Mara parecia pertencer a uma parte diferente de sua existência. Ele sabia, mas não conseguia expressar isso. Rick também sentira que o sexo com a namorada do amigo fora mecânico. Ela talvez o tivesse aceitado para não perder a amizade do grupo, era o que lhe parecia. Táqui preparava uma caipirinha, que ofereceu ao amigo. Estavam bebendo muito, quem sabe por sentirem que havia alguma coisa fora do lugar. Ao apanhar o copo com a bebida, Rick sentiu a mão do outro agarrando sua cintura. Estreitaram o abraço e evoluíram para um beijo. Logo estavam na cama, sôfregos. Eram amantes há algum tempo e era natural o encontro de seus corpos, mas as palavras vinham com mais dificuldade.

A segunda noite no Rio foi com Jandira residindo entre eles. Trouxera livros e objetos de seu apartamento na cidade e estava disposta a tentar o convívio no barco por três meses, como uma fase de adaptação. Era uma pessoa de vida bem mais organizada do que o trio que a seduzira. Embora não se falasse sobre o assunto, estava subentendido que todos eram de todos. Mas Mara nunca se entregara ao amor com outra mulher e Jandira também não. Era início da madrugada quando conversaram sobre o assunto. Os homens haviam adormecido depois de os casais terem se amado por algumas horas com as cabines fechadas. Mara tocou o rosto de Jandira com a ponta dos dedos e sorriu. Explicou que via a experiência do grupo como uma aposta no amor total entre pessoas, independentemente do gênero. Tentou fazer com que a outra entendesse o quanto aquilo fazia sentido em sua vida. Mostrou um poema que fizera sobre a chegada de Jandira ao barco.

Há dois para o casal
E três para qualquer coisa sem nome
Pode haver quatro sem que casais sejam
E mais quantos chegarem para amar
Apenas amar
Três quatro amantes amando sobre o mar

Eram versos simples, mas Mara queria dizer o quanto era importante quebrar a idéia de casal. Jandira pareceu entender o que a outra dizia. Encostou a cabeça no ombro de Mara e o braço dela se pôs sobre seus ombros. Jandira ofereceu seus lábios e Mara a beijou.

Navegaram com rapidez até Paraty. Lá conseguiram alugar de novo a casa da praia. Poderiam ter uma base em terra e desfrutar de um pouco mais de conforto. Mara reencontrou a sua janela poética. Logo houve uma divisão natural: um casal ficava na casa e o outro, no barco; depois se revezavam. O hábito e a paixão faziam o resto. Embora as mulheres tivessem experimentado relações homossexuais, não fizeram disto um prazer que as levasse a procurar uma pela outra. Os meses foram passando e somaram três, como Jandira havia proposto. Estavam reunidos em torno de um vatapá, bebendo a cachaça de Paraty, esquecidos do período de adaptação que a nova participante havia proposto, quando ela tocou no assunto. Anunciou que iria embora no dia seguinte, com Táqui, se ele assim quisesse, ou sem ele. Todos protestaram contra a decisão de Jandira, menos Mara, que permaneceu calada e entendia a decisão da outra. Táqui tentou demovê-la da idéia, mas

Jandira estava decidida. Esclareceu que adorava os três, mas queria casar e levar uma existência próxima do normal para a maioria das pessoas. No dia seguinte, durante o almoço, o baiano informou que seguiria com sua namorada. Desembarcaram os pertences do segundo casal e partiram à tardinha. Rick e Mara ficaram na praia vendo o veleiro sumir na quebrada da enseada.

Os dias, para Mara, voltaram a ser como há um ano e meio. Acordava e, antes mesmo de lavar o rosto, abria a janela, o quadrado poético lhe dava notícias do dia. O tempo fechado ou o sol surgindo com o movimento da Terra, a calmaria do mar ou o crespo das ondas, o leve movimento das palmeiras ou a imobilidade do verde. Então Mara escrevia alguma coisa para a paisagem da janela. Dia após dia a rotina do casal se restabelecia. Rick apanhava seu equipamento e o bote e saía à procura de lugares onde mergulhar. Sabiam que logo iriam embora dali, em busca de novos mares e paisagens e janelas, mas ali encerrava uma lembrança forte no coração de ambos. Designaram o início do verão para partirem. Iniciou-se uma contagem regressiva. Na véspera, sentados em frente a uma garrafa de vinho e um prato de lagostas, resolveram ligar para Táqui. Nunca mais haviam se falado. Mara teclou o número do celular do amante de ambos e, algumas chamadas depois, ele atendeu.

— Oi, Táqui. Deu saudade. Onde você está?
— Oi, onde você gostaria que eu estivesse?
— Onde? Ora, onde você se sentir feliz.
— Então estou chegando à felicidade...

— Como assim, Táqui?
— Olhe para o mar.
— O quê?
— Você está em casa? Então olhe para o mar.

Mara correu até a janela. O tempo estava fechado. Chovia fininho. Mas ela pôde ver na enseada o *Ambivalence* se aproximando.

SOBRE "AO OCEANO, JUNTOS"

Ao fim de uma semana de convivência, Mara e Rick con-cluíram que estavam apaixonados e foram morar juntos. O que Mara não podia imaginar é que um dia encontraria o namorado dormindo abraçado com um amigo: "Rajadas de suposições contraditórias a paralisavam. Deu as costas para a cena e voltou para casa. (...) Mara nada tinha contra relações entre o mesmo sexo, mas sua vida em comum estava em jogo." Não são sem motivo as preocupações de Mara. Estamos acostumados a associar a paixão à idéia de exclusividade. Aprendemos que o natural é formar um par, seja ele heterossexual ou homossexual. Ela precisava agora lidar com dois novos aspectos: a bissexualidade do parceiro e o triângulo que se formara entre ela, Rick e Táqui.

AMAR MAIS DE UMA PESSOA AO MESMO TEMPO

Não há dúvida de que podemos amar várias pessoas ao mesmo tempo. Não só filhos, irmãos e amigos, mas também aqueles com quem mantemos relacionamentos afetivo-sexuais. E podemos amar com a mesma intensidade, do mesmo jeito ou diferentemente. Acontece o tempo todo, mas ninguém gosta de admitir. Há a cobrança de, rapidamente, se fazer uma opção, descartar uma pessoa em benefício da outra, embora essa atitude costume vir acompanhada de muitas dúvidas e conflitos.

A psicóloga Noely Montes Moraes acredita ser um equívoco buscar fundamentar a exigência de exclusividade, dando-lhe inclusive caráter de norma moral e até jurídica. Os estudos da etologia, da biologia e da genética não confirmaram a monogamia como padrão dominante nas espécies, incluindo a humana. A nossa cultura patriarcal sempre procura impor suas dicotomias: ou se gosta sempre ou nunca se gosta; ou se está sempre junto ou sempre separado; ou se ama uma só pessoa ou não se ama. Valoriza-se o controle dos sentimentos, e nada do que é espontâneo é bem-visto, pois pode ameaçar a moral vigente. Esta moral se baseia em idéias abstratas e arbitrárias de certo/errado, tomadas como leis naturais. Nessa perspectiva, apaixonar-se por outra pessoa estando envolvido com alguém seria impossível. Mas o enamoramento é um ato de libertação da dependência de vínculos e pactos.[1]

O professor de Ciências Sociais Elías Schweber, da Universidade Nacional Autônoma do México, reforça essa idéia.

"Na infidelidade influem fatores psicológicos, culturais e genéticos que nos levam a afastar a idéia romântica da exclusividade sexual. Não existe nenhum tipo de evidência biológica ou antropológica na qual a monogamia seja 'natural' ou 'normal' no comportamento dos seres humanos. Ao contrário, existe evidência suficiente na qual se demonstra que as pessoas tendem a ter múltiplos parceiros sexuais."[2]

Ao se deparar com essa possibilidade é comum se desmerecer um de seus pólos: ou o estado amoroso nascente será considerado capricho, infantilidade, mero desejo sexual, loucura; ou o estado amoroso anterior será questionado: não era amor de verdade, o parceiro não supria as necessidades e assim por diante. O conflito se instala porque os sentimentos ignoram as contradições e as exigências de exclusividade do tipo "se amo uma pessoa, não posso amar outra". Quando o sentimento insiste em se instalar e permanecer, pode surgir a dúvida do que se sente pela pessoa com quem se mantinha o pacto de fidelidade.[3] "Buscar comodidade e segurança na vida amorosa como valor absoluto implica colocar-se à margem da vida, protegido por uma couraça. O resultado é a estagnação do fluxo vital e um empobrecimento de vivências. A pessoa assim defendida se torna superficial e um tanto pueril, quando não se torna também invejosa das pessoas que ousam dizer sim à vida, atacando-as com um moralismo rançoso."[4]

BISSEXUALIDADE E CIÚME

"Táqui se declarou apaixonado por Rick, mas fez a ressalva de que era bissexual. Rick endossou a paixão que unia ambos, mas reafirmou seu amor por Mara. (...) Aproximou o ouvido da porta e concluiu que um de seus namorados era penetrado pelo outro. Um estranho sentimento de duplo ciúme tomou conta de Mara. Reprimiu seu desejo de abrir a porta e constatar o que de fato acontecia." Como será a relação entre bissexualidade e ciúme? Marjorie Garber apresenta uma teoria cognitiva do ciúme que descreve um relacionamento triangular entre "uma pessoa P", "sua pessoa amada, A" e "um rival, R". Vários estudos sugeriram que o evento mais devastador que pode acontecer com P é a relação sexual entre A e R. Por quê? Porque "sinaliza o pior: P certamente perdeu A para R." Mas será que P fica automaticamente com ciúme? Depende de seus valores. Se P valoriza a monogamia, a exclusividade e a fidelidade, a presença de R é mais ameaçadora do que se P valoriza a liberdade individual ou o compartilhamento. Na verdade, se P valoriza a liberdade individual ou o compartilhamento, P pode avaliar a presença de R como positiva/benigna porque a presença de R dá a A a chance de ser sexualmente livre, a P uma chance de ser sexualmente livre (o que é bom para um é bom para o outro, e vice-versa), e a P, chance de dividir A com R.[5]

Sem dúvida, é muito forte, na nossa cultura, o modelo de um para um. "Ocorre um episódio divertido em *All That Jazz*

(*O show deve continuar*), de Bob Fosse. A versão para a tela da autobiografia do diretor-coreógrafo foi filmada pouco antes de seu coração falhar. Fosse (Roy Scheider), enquanto está conversando com um belo Anjo da Morte (mulher), pede desculpa porque não consegue se ligar a uma mulher. Ele recorda com carinho como, em certa época, viveu harmoniosamente com duas mulheres. Certa manhã, acordou e percebeu que uma delas havia partido e deixado um bilhete sobre a escrivaninha: 'Não posso mais dividir você. Quero você só para mim ou então nada. Por favor, tente compreender.' O Anjo pergunta se ele ficou triste por perdê-la. Fosse, um Casanova moderno, respondeu que não, que ficou lisonjeado por ela tê-lo levado tão a sério. E o Anjo replica: 'Tem certeza de que o bilhete foi para você?'"[6]

MÉNAGE À TROIS

"Naquela noite dormiram juntos, abraçados na mesma cama, corpos nus embolados, sem sexo, porque os rapazes haviam se divertido a tarde toda." Os americanos Bárbara Foster, Michael Foster e Letha Hadady são escritores. Juntos, escreveram o livro *Amor a três*, no qual tratam dessa forma de amor, que experimentam há mais de 20 anos. "Sejam célebres ou obscuros, os participantes dos *ménages* bebem todos das mesmas fontes de narcisismo, voyeurismo, e da irredutível necessidade de serem três. São todos testados no fogo do ciúme. (...) As questões de quem é meu e a quem pertenço são repetidamente colocadas e respondidas. Se o egoísmo prevalece, ainda que em um dos três, o relacionamento vai degenerar para um triângulo amoroso clássico, com suas espionagens, brigas, culpas, divórcio e violência. Mas se e quando um *ménage* cresce junto, uma energia especial pode e tem feito coisas fascinantes acontecerem – nas artes, no cinema ou na vida. (...) Um *ménage*, como qualquer família, baseia-se na confiança."[7]

Para eles, talvez o *ménage à trois* seja mal compreendido porque constrói uma estrutura emocional que é inclusiva. "O ciúme, que supomos natural, é o principal obstáculo. Mas uma ira ciumenta é tão estranha à natureza humana que a tratamos como uma compulsão; falamos de uma pessoa ciumenta como se ela tivesse sido arrebatada pelo *monstro dos olhos verdes*. Um *ménage*, ao contrário, exige escolha e consentimento mútuo."[8] O *ménage* tende a ser composto de dois membros do mesmo sexo e um do outro, e muito freqüentemente começa com um casal inquieto. O arranjo tem às vezes destruído um casamento monogâmico, e outras vezes o tem fortalecido.

"Embora os partícipes dos *ménages* não sejam necessariamente bissexuais, a expectativa de que devamos nos limitar a um sexo, cônjuge ou família cria uma plataforma frágil, com probabilidade de afundar sob a torrente dos nossos desejos".[9]

REAÇÕES AO *MÉNAGE*

Os autores consideram que embora Alexandre Dumas (pai) tenha declarado, muito tempo atrás, que "as cadeias do casamento são tão pesadas que são precisos dois para carregá-las, às vezes três", o *ménage* continua sendo um segredo obsceno, o último tabu. É como se Moisés tivesse lançado um 11º mandamento: amar apenas uma pessoa. Mas a Bíblia está repleta de triângulos, desde a sedução de Lot por suas duas filhas até o idoso rei Davi que, para prolongar sua vida, dormia nu entre duas virgens.

"Quando Arno Karlen, um psicanalista que vive próximo de nós em Greenwich Village, decidiu escrever *Threesomes*, um estudo dos *ménages* contemporâneos, percebeu que os sexólogos não tinham idéia de como lidar com o fenômeno. As audiências dos programas de entrevistas foram céleres em decidir: insultaram as tríades duradouras que Karlen levou como convidados. Conosco tem acontecido coisas similares. Até mesmo conhecidos casuais podem fazer perguntas íntimas e embaraçosas, como quem dorme com quem e quem paga as contas. Como é típico, uma mulher em uma festa, que estava obviamente interessada em Michael, insinuou a Letha que ela deveria procurar outra pessoa para amar e que seu papel como terceira era imoral e não natural. Enquanto isso, um rapaz pendurou-se em Bárbara, imaginando que ela devia fazer jogo aberto. Todos esperam ciúme e violência entre uma tríade e ficam chocados ao descobrir que o nosso *ménage* já dura tanto tempo."[10]

O jornal americano *Chronicle* saudou com hostilidade uma reapresentação televisiva do filme *Summer Lovers* (*Amantes de verão*), de 1982 com Daryl Hannah, Peter Gallagher e Valerie Quennessen, dirigido por Randal Kleiser. O filme, rodado nas ilhas gregas, começa mostrando uma típica mistura de jovens turistas em busca de diversão. Um jovem casal americano vai a Santorini em sua primeira viagem conjunta. Lá, o rapaz conhece uma arqueóloga francesa por quem se apaixona. Dividido no amor, reluta para não perder a namorada e a convence, com a ajuda da arqueóloga, de que poderão viver a três. O triângulo amoroso se forma. Quando uma das mulheres sai de cena, o casal se sente frustrado e resolve voltar para os EUA. Mas a francesa vai ao encontro dos dois no aeroporto e os três, abraçados, retornam juntos para a casa em que viviam na ilha.

O crítico do jornal afirma que é um relacionamento sem saída, que a tríade é implausível porque ninguém saiu machucado. "Qual é a origem desta certeza presente entre os vendedores da cultura popular de que o amor a três deve inevitavelmente conduzir ao desmembramento e à morte?"[11] A tríade é um estilo diferente de amor, "que não somente exige várias pessoas, mas sua interação no tempo e no espaço. Os *ménages à trois* têm uma história profunda e longa, como a mais antiga forma alternativa de família, mas não se deve negligenciar o papel do *ménage* como a fantasia sexual preferida, tanto dos homens quanto das mulheres."[12]

HISTÓRIA DO *MÉNAGE*

O termo *ménage* vem do latim *mensa* e refere-se à mesa ou refeição. Poderia significar então *três pessoas à mesa, à vontade*. É como estar em família. Talvez essa seja uma das maiores características do *ménage à trois*: o estar à vontade, em família, evitando, porém, a formação de um casal e de todo o tédio que isso pode representar. O terceiro elemento desequilibra e, ao fazê-lo, repõe o equilíbrio perdido pela simples existência do casal.

O *ménage* tem uma longa história. Jean-Jacques Rousseau foi participante e incentivador do *ménage à trois*. Casanova integrou vários trios. Catarina da Rússia e Friedrich Engels aderiram ao formato, mas a tríade contemporânea mais famosa foi composta pelo filósofo Jean-Paul Sartre, Simone de Beauvoir e Bianca Bienenfeld. Madame Beauvoir declarou: "Fomos pioneiros de nossos próprios relacionamentos, de sua liberdade, intimidade e franqueza. Pensamos na idéia do trio."

Mas o *ménage à trois* não é um hábito apenas de intelectuais, como pode parecer pelos exemplos acima. Sua prática é documentada também entre os bandidos. Butch Cassidy, Sundance Kid e Etta Place amavam-se entre um assalto a trem e um assalto a banco. Bonnie Parker, Clyde Barrow e

William Jones, também no Oeste, faziam o mesmo. Quem não se lembra de *Bonnie and Clyde*, algumas décadas depois?

MÉNAGE ENTRE OS ANIMAIS

A antropóloga americana Helen Fisher afirma que a formação em pares, o acasalamento e a separação repetem um ciclo, assim como a estratégia reprodutiva natural de algumas espécies, incluindo os humanos. Para ela, há padrões naturais que prevalecem no mundo.

Outros estudiosos como Robert Wright afirmam o contrário. Ele descobriu, em uma pesquisa, que "os humanos não são uma espécie que se liga aos pares. As mulheres são promíscuas por natureza, desejando mais que um parceiro, e os homens são ainda piores".[13]

Bárbara, Michael e Letha perguntam em seu livro: Será que nós humanos conseguimos aprender alguma coisa com os outros animais? "Percy Shelley declarou que a poligamia do cavalo nobre proporcionava um exemplo aos humanos. Os animais podem formar, e formam, *ménages à trois*. Segundo um grande criador norte-americano, a família ideal de avestruzes é composta de duas fêmeas e um macho. Sabe-se que os gorilas, que são muito sensíveis, com uma inteligência infantil e emotiva, unem-se a três, e às vezes os gatos, que são extremamente voluntariosos, unem-se *à trois*. No Zoológico Nacional de Washington, a panda fêmea Ling-Ling e o macho que ela escolheu, Hsing-Hsing, tiveram problemas para ficar juntos. Ele preferia mascar brotos de bambu. Um segundo macho, Chia-Chia, foi importado de Londres, mas se mostrou um espancador de esposa. Entretanto, sua presença despertou Hsing-Hsing, que passou a considerar Ling-Ling mais do seu agrado. O resultado dos três foi um forte bebê urso."[14]

DIFERENÇA ENTRE ADULTÉRIO E *MÉNAGE*

"A noite seguinte foi de Rick, e Táqui assistiu, não sem acariciar o dorso de um e outro e beijar, ora a boca de um, ora a de outro. A quarta noite foi decisiva. Mara foi de ambos e desmaiou exaurida quando amanhecia. (...) Alta madrugada, todos dormiram abraçados e integrados." A diferença entre o *ménage à trois* e o triângulo amoroso é que este, em geral, se origina de uma relação de adultério, e um dos três é excluído. Por outro lado, no *ménage*, os três participantes têm status igual, e a relação se inicia a partir de um consenso de todos. Quando Mara concorda em formar um trio, a relação de Rick e Táqui deixa de ser adultério e se torna *ménage*.

"O adultério e o *ménage à trois* compartilham no seu início um desejo de viver plenamente. Mas rapidamente tomam caminhos diferentes. O adultério floresce sobre a suspeita, o ciúme e a raiva. O *ménage* exige honestidade e, no mínimo, a aquiescência dos três. Sua plena cooperação seria melhor. Os *ménages* sobre os quais vale a pena escrever dependem da compassividade, que leva ao amor, de todas as pessoas envolvidas no relacionamento. Ao contrário do casamento aberto dos anos 70, que elevaram o caso comum ao status de uma experiência de aprendizagem, um verdadeiro *ménage* é intencional. Ele terá um resultado, tanto no mundo espiritual quanto no mundo material."[15]

DIFICULDADES QUE SURGEM NO *MÉNAGE*

A conhecida sexóloga americana Ruth Westheimer publicou, em 1995, em sua coluna de jornal, uma carta de um homem idoso envolvido num *ménage* com sua esposa e a viúva de seu melhor amigo (recentemente falecido). Os três gostavam do *ménage*, mas havia uma dificuldade com o sexo oral: a viúva gostava dele, mas a esposa nunca o havia praticado e se ressentia por ele estar sendo realizado. A sexóloga afirmou, então, que estas situações são muito delicadas, e por isso, ele deveria desistir do *ménage*. "Ao contrário, nós achamos a situação ao mesmo tempo normal e tocante. A viúva está buscando uma família para compensar sua perda. Ela quer prosseguir sua vida sexual e revigorou a vida sexual do casal. Agora, os três têm de conversar sobre o que cada um desejava, e temia, nos últimos quarenta anos. Isso é ruim, dra. Ruth?"[16]

A QUARTA PESSOA

"Quem sabe a integração de Jandira ao grupo não os tornariam quatro amigos e amantes? Táqui perguntou se Mara a desejava e ela não soube responder. Ele ficou de falar com Jandira e lhe fazer a proposta." Bárbara, Michael e Letha afirmam que, embora o ciúme possa se esconder nos cantos da tríade bem-sucedida, a dinâmica atrai as pessoas de fora. Um *ménage à trois* tende a atrair satélites, uma quarta pessoa.

Táqui parte com Jandira, mas no final volta sozinho para se reencontrar com Rick e Mara. "Em nossa observação, o quarto real é uma espécie de *voyeur*, uma testemunha do drama que talvez atue para escrevê-lo ou registrá-lo. Quando o quarto se junta, ele ou ela em geral não conseguem desviar os sentimentos existentes entre os três originais."[17]

Para a grande maioria ainda parece muito estranho o amor entre três pessoas. Afinal, fomos condicionados ao mito do amor romântico, no qual duas pessoas se transformam numa só, havendo complementação total e nada lhes faltando. Fomos ensinados a acreditar que o verdadeiro amor é para sempre, que não é possível amar duas pessoas ao mesmo tempo, que quem ama não sente desejo sexual por mais ninguém, que o amado é a única fonte de interesse do outro. Esse ideal amoroso começou bem antes, no século XII, e é o amor desejado por homens e mulheres.

O amor romântico não é construído na relação com a pessoa real, mas sobre a imagem que se faz dela, trazendo a ilusão de amor verdadeiro. É regido pela impossibilidade, pela interdição, e se caracteriza pela idealização do outro. Considero esse tipo de amor uma mentira. Ele mente sobre as mulheres, sobre os homens e sobre o próprio amor. É uma mentira contada há tantos séculos que as pessoas querem vivê-la de qualquer jeito. Mas, na realidade, amam é o fato de estar amando, se apaixonam pela paixão. Sem perceber, idealizam o outro e projetam nele tudo o que desejam. No fim das contas, a relação não é com a pessoa real, que está do lado, e sim com a que se inventa de acordo com as próprias necessidades.

Contudo, podemos observar sinais de que o amor romântico começa a sair de cena, levando com ele a idealização do par romântico, a idéia dos dois se transformarem num só e, conseqüentemente, a idéia de exclusividade. Outras formas de amor, aos poucos, vão se tornando possíveis. "O amor tem tantas faces quantas tem uma pessoa. Não somos seres com uma única dimensão, nossa identidade não é um produto unificado e acabado. Temos necessidades variadas e contraditórias que às vezes se expressam em diferentes envolvimentos com diferentes pessoas, sem se esgotar numa única forma. Há relacionamentos amorosos baseados no compromisso e em projetos comuns (casamento), outros com ênfase no aspecto erótico, outros em afinidades intelectuais ou outras, alguns sobrevivem às distâncias e ao tempo, outros exigem proximidade, e assim por diante."[18]

O desejo crescente, que se observa em homens e mulheres, de participar de uma relação amorosa a três é provavelmente conseqüência da diminuição do ideal de fusão com uma única pessoa, característica do amor romântico. O comportamento sexual evoluiu após as vanguardas apontarem tendências e arriscarem novos caminhos. As escolhas do passado não são irreversíveis. Aos que resistem às mudanças, desacreditando em novas formas de viver, é importante lembrar que há cem anos os casais mantinham relações sexuais com luz apagada e sob os lençóis. Hoje, práticas que só eram usuais nos bordéis fazem parte da intimidade das famílias mais respeitadas. Há cinqüenta anos era impensável uma moça deixar de ser virgem antes do casamento. Agora, isso não é nem discutido: muitos namorados dormem juntos à vista dos próprios pais.

O futuro do amor e do sexo exigirá mais capacidade de nos livrarmos do passado do que de nos acostumarmos com o novo presente. Afinal, seremos mais livres para dar vazão a nossas fantasias e teremos plena possibilidade de viver sem culpas. A idéia de que todos devem encontrar num único parceiro a satisfação de todos os aspectos da vida pode se tornar coisa do passado.

NOTAS

1. Moraes, Noely Montes, *É possível amar duas pessoas ao mesmo tempo?*, Musa, 2005, p. 108.
2. www.geocities.com/losafp/semestre03/Trabajo-GuionPolyamor.htm.
3. Moraes, N.M., op.cit., p. 109.
4. Ibidem, p.110.
5. Garber, Marjorie, *Vice-Versa*, Record, 1997, p. 503.
6. B. Foster, M. Foster e L. Hadady, *Amor a três*, Rosa dos Tempos, 1998, p. 22.
7. Ibidem, p. 40.
8. Ibidem, p. 13.
9. Ibidem, p. 22.
10. Ibidem, p. 13.
11. Ibidem, p. 43.
12. Ibidem, p. 17.
13. Ibidem, p. 19.
14. Idem.
15. Ibidem, p. 25.
16. Ibidem, p. 26.
17. Ibidem, p. 21.
18. Moraes, N.M., op.cit., p. 111.

BIBLIOGRAFIA

Almeida, Armando Ferreira. *A contracultura ontem e hoje*. Apresentado em um ciclo de debates sobre o assunto realizado em Salvador – BA, no mês de abril de 1996.

B. Foster, M.Foster e L.Hadady, *Amor a três*, Rosa dos Tempos, 1998.

Coelho, Cláudio Novaes Pinto et al., *Anos 70: Trajetórias*, Iluminuras, 2006.

Garber, Marjorie, *Vice-Versa*, Record, 1997

Maciel, Luiz Carlos, Comunicação pessoal à autora.

Moraes, Noely Montes, *É possível amar duas pessoas ao mesmo tempo?*, Musa, 2005.

Site www.geocities.com/losafp/semestre03/Trabajo-GuionPolyamor.htm.

Site www.minerva.ufpel.edu.br/~castro/inicio.htm.

Você pode adquirir os títulos da Editora Best*Seller*
por Reembolso Postal e se cadastrar para
receber nossos informativos de lançamentos
e promoções. Entre em contato conosco:

mdireto@record.com.br

Tel.: (21) 2585-2002
Fax.: (21) 2585-2085
De segunda a sexta-feira,
das 8h30 às 18h.

Caixa Postal 23.052
Rio de Janeiro, RJ
CEP 20922-970

Válido somente no Brasil.

Visite a nossa home page

www.editorabestseller.com.br

Este livro foi composto na tipologia Helvética,
em corpo 10/17.1, e impresso em off white 80g/m²
no Sistema Cameron da Divisão Gráfica da Distribuidora Record.